Jan. 00, Ffm

neue frau

herausgegeben
von Angela Praesent
und Gisela Krahl

Catherine Cohen

Die Geschichte eines Bademantels

Roman

Aus dem Französischen
von Imme Bergmaier

rororo
Rowohlt

Die Originalausgabe erschien unter dem Titel
«Le Peignoir» 1994 bei Éditions du Seuil, Paris
Umschlaggestaltung Nina Rothfos

Deutsche Erstausgabe
Veröffentlicht im Rowohlt Taschenbuch Verlag
GmbH, Reinbek bei Hamburg, Dezember 1995

Satz Sabon (Monotype Lasercomp),
Libro, Kriftel
Druck und Bindung Clausen & Bosse, Leck
Printed in Germany
1090-ISBN 3 499 13663 5

Für Sylvain D.
und J. H.,
den Zauberer

Zu wissen, daß man nicht für den anderen schreibt, zu wissen, daß diese Dinge, die ich schreibe, nie dazu führen werden, daß die, die ich liebe, mich wiederliebt, zu wissen, daß das Schreiben nichts kompensiert, nichts sublimiert, sondern gerade dort ist, wo du nicht bist, das ist der Anfang des Schreibens.

Roland Barthes,
Fragmente eines verliebten Diskurses

Es klingelt.

--▸ **Er ist es.**

Sie sind verabredet.

Sie hat ihn Ende des Sommers auf einer Insel in der Bretagne angerufen, wo er mit seinen Kindern die Ferien verbrachte.

Sie haben sich seit fünfzehn Jahren nicht gesehen.

Im Flurspiegel kreuzt sie den Blick des jungen Mädchens, das sie einmal war. Sie öffnet. Er steht in der Tür. Etwas im Schatten, im Treppenhaus ist kein Licht, oder vielleicht hat er es nicht angemacht. Sie weiß nicht genau, ob sie ihn eigentlich ansieht. Sofort denkt sie:

Wie habe ich es nur diese ganze Zeit ohne ihn ausgehalten?

Sie findet, er habe so etwas Spöttisches im Blick. Das gefällt ihr. Sie erkennt ihn wieder.

«Komm rein.»

Er umarmt sie. Früher haben sie sich selten umarmt.

Seine Beinaheschüchternheit, seine glühende Zurückhaltung haben sie immer schon angerührt.

Er legt seinen Blouson ab, seinen Schal.

«Setz dich doch.»

Er setzt sich auf die Erde.

«Ich hole Champagner. Ich habe immer Champagner da, für alle Fälle.»

«Für welche Fälle?»

Sie lacht, er auch. Sie erinnert sich noch gut an sein Lachen. Als sie in der Küche den Kühlschrank öffnet, sagt sie sich:

Wenn ich mich nicht gemeldet hätte, wäre er dann für immer verschwunden geblieben?

Sie setzt sich ihm gegenüber hin, sieht seinen Händen zu, wie sie den Draht um den Korken entfernen. Sie findet seine Gesten behutsam. Sie hält ihr Glas hin.

«Stell dir vor, wir hätten uns aus den Augen verlieren können!»

«Aber nein, das siehst du doch.»

Auf Anhieb herrscht zwischen ihnen wieder ihre Verschworenheit.

Er sagt: «Unsere Zusammengehörigkeit.»

Sie betrachtet seine runden blondgeflaumten Unterarme.

«In all diesen Jahren hatte ich jedesmal, wenn es ein Bergunglück gab, Angst, deinen Namen in der Zeitung zu lesen. Gehst du immer noch bergsteigen?»

Seine Arme, das ist es. Die Arme eines Alpinisten, stark und sicher.

«Nein, schon lange nicht mehr.»

Ihr fällt es schwer, ihm gegenüber sitzen zu bleiben. Was an ihr betrachtet er?

Früher habe ich mir seine Arme nicht angeschaut.

Er ist gutaussehend. Fand sie ihn früher auch gutaussehend? Sie erinnert sich nicht.

Er erzählt von seiner Ehe, seinen zwei Kindern, von Deutschland, wo er sechs Jahre lang gelebt und unterrichtet hat, bevor er nach Rom versetzt wurde. Sie sagt:

«Ich habe mit Deutschland immer so meine Schwierigkeiten gehabt. Sicher der Holocaust . . .»

Er hat den von seinem Vater geerbten Anteil Judentum in sich immer ignoriert, um nicht zu sagen verleugnet.

«Hast du als Halbjude denn nie in diese Richtung gedacht?»

«Nein.»

Sein Studium der Humanistik und, später dann, seine philosophische Ausbildung haben eine entschiedene Neigung zu den Griechen und Deutschen bewirkt.

«Mein Vater hat mir Deutschland ans Herz gelegt, wie man einen Säugling an die Mutterbrust legt.»

Die Erwähnung der Brust macht sie verlegen.

Er hat eine Frau und berührt gern ihre Brüste.

Sie sieht ihn über die Brust einer stillenden Frau geneigt, den Kopf eines Neugeborenen streichelnd.

Sie kann dieses Bild nicht ertragen. Sie weiß nicht, warum.

Er lächelt, schenkt ihr Champagner nach.

«Und du, dein Leben?»

Er blickt sie lieb an.

«Ich weiß nicht.»

Sie erinnert sich an seine Zärtlichkeit. Sie möchte in dieser Zärtlichkeit sein.

Nicht von sich erzählen.

«Daß du in Rom lebst! Du! Wie wunderbar!»

Seine ruhigen Hände sind plötzlich fahrig. Er zündet eine Zigarette an.

«Rom ist ein Grab.»

Er zieht gierig den Rauch ein.

«Weshalb?»

«Erzähle ich dir später.»

Er läßt sich in die Kissen sinken. Sie mag seine Kraft und seine Anmut.

«Hast du dich von deiner Frau getrennt?»

«Ja.»

Früher haben wir nicht von diesen Dingen gesprochen.

Sie möchte seine Handgelenke, die Schulterrundung streicheln. Die Katze, die gewöhnlich Unbekannten gegenüber mißtrauisch ist, kommt und reibt sich an seinem Oberschenkel.

«Das Leder zieht sie an.»

Früher hat er keine Lederhosen getragen.

«Wie häufig werden wir heute abend noch ‹früher› sagen?»

Sie lachen.

Er mag Katzen, und Katzen mögen ihn.

Sie haben auf der Terrasse eines japanischen Restaurants zu Abend gegessen und sind dann durch Paris geschlendert. Hinterher hat er sie noch bis vor ihre Haustür begleitet. Sie haben sich noch eine Weile auf dem Bürgersteig unterhalten und dann gegen drei Uhr morgens getrennt.

«Bis bald einmal.»

Sie hätte sich gewünscht, er sei nicht so vage.

«In fünfzehn Jahren . . .?»

«Du hast jetzt den Ball.»

Sie hat gedacht: *Wir sehen uns höchstwahrscheinlich in vierzehn Tagen wieder*, ihm jedoch nichts von dem Haus gesagt, das sie in Italien gemietet hat, zufällig, lange bevor sie sich wiedergesehen haben. Ein Zeichen.

Am Tag darauf hat er Paris verlassen.

Sie schlafen im gleichen kleinen Zimmer des Hauses in der Toskana.

Nicht im gleichen Bett.

Drei Wochen ist das Wiedersehen in Paris her.

Er ist an diesem Nachmittag aus Rom angereist.

Mit D. und seiner Frau J., den Freunden, mit denen sie sich das Haus teilt, haben sie in der glyzinienbewachsenen Laube neben dem Feigenbaum gesessen, geplaudert und Tee getrunken.

J. und sie haben Lust auf Feigen bekommen, auf die schönsten, reifsten.

«Die dort, die ganz oben, siehst du sie? Da konnten wir nicht dran!»

Er ist auf den Baum geklettert. D., der ihn beobachtete, hat lachend erklärt, er sähe aus wie ein Faun und so, hoch oben im Blätterwerk hockend und die Früchte pflückend, habe er Ähnlichkeit mit einem genießerischen Satyr.

Er schien irritiert. Als habe D. eine versteckte Seite in ihm erkannt, von der er nichts wußte oder die er lieber im dunkeln halten wollte.

Am Abend sind sie in einem kleinen Dorf in der Nähe

essen gegangen. Sie haben Wein getrunken und auf der Rückfahrt im Auto eine italienische Opernarie gehört.

«Ich möchte mit dir schlafen.»

Sie liebt diese Hemmungslosigkeit. Liebt es, diese Worte zu sagen. Sie zu ihm zu sagen. Früher sind sie nie Liebende gewesen.

Sie hält den Atem an, lauscht seinem. Er wird zu ihr kommen. Warum läßt er ihr zuviel Zeit zum Denken?

Er will nicht.

«Ich kenne mich. Ich bin ein Raubtier. Ich will dir nicht zumuten, das mitzumachen, nicht dir.»

Sie sagt sich, daß sie ihn nicht mehr kennt.

Eben im Auto, auf der Straße entlang der Steilküste, hatte sie das Gefühl zu fliegen. Er fuhr schnell, riskant. Sie hatte keine Angst.

Er ist mein Schutzengel. Ein Teil von ihm ist meine Kraft. Er beschützt mich. Von ihm wird mir nie etwas Böses widerfahren.

Doch in dem kleinen hellen Zimmer will sie von ihrem zur Raubkatze gewordenen Engel zerfetzt werden.

Diese wilde Vorstellung verstört sie.

Sie weiß nichts über ihn und Frauen. Er war immer sehr verschwiegen, und außerdem war es unwichtig gewesen. Etwas war immer so selbstverständlich zwischen ihnen.

Wie in der Liebe, denn so ist Liebe ja im Grunde.

Als wäre sie er und er sie.

«Du hast recht, das wäre beinahe Inzest zwischen uns.»

Sie hat den Eindruck, gar nicht selber zu sprechen.

Diese hochtrabenden Worte zu sagen.

Er hat in ihrer Stimme eine unmerkliche Traurigkeit mitschwingen gehört. Er murmelt ganz leise:

«Ich möchte dich nicht melancholisch wissen.»

Sie ergibt sich seiner sinnlichen Stimme, seiner ruhigen Sicherheit.

Er war immer schon derjenige, der ihr inneren Frieden brachte.

Sie haben nicht geschlafen. Vielleicht ein bißchen, bei Tagesanbruch. Sie haben die Nacht einzig im Gefühl ihrer Nähe verbracht.

Ohne Umarmung.

Am Morgen weiß sie, daß sie ihn nicht mehr entbehren kann.

Wieder zurück in Paris, ruft sie ihn in Rom an, sagt ihm, wie sehr ihr nach wie vor intaktes Einvernehmen sie aufgewühlt hat. Er stimmt zu:

«Es war ein perfektes Wiedersehen.»

Aber wie denkt er an sie? Wie sie an ihn, unablässig? Sie braucht Gewißheit.

Sie lauert auf ein Zeichen, ein Wort. Er wirkt froh, sie zu hören, aber nicht er hat als erster angerufen.

Sie hört die Hupen Roms. Wie ist seine Wohnung?

«Am Tiberufer, groß.»

Sie muß sich den Ort, von dem aus er telefoniert, bildlich vorstellen können.

«Du bist weit weg.»

Sie möchte gern sagen: «Du fehlst mir.»

«Aber nein. Ich bin doch da, ganz nah.»

Es wäre erlesen, wenn er sagen würde: Wir haben uns wiedergefunden, wir werden uns nie wieder trennen.

«Wir haben soviel Zeit verloren . . .»

Sie reden lange, von Treue, von Trennung. Sie können sich nur schwer losreißen.

«Zu keiner Frau habe ich eine Beziehung wie zu dir.»

Was für eine Beziehung?

Er will ihr schreiben. Früher haben sie sich geschrieben.

Sie wartet auf die Post, streitet sich mit dem Concierge, weil der sie erst am späten Vormittag zu ihrer Wohnung hochbringt.

Acht Tage seit dem Anruf. Eine Ewigkeit. Sie kann nicht anders, sie ist verunsichert. Was ist aus der Gewißheit nach der Toskana geworden?

Und wenn er nichts von ihr wollte, nichts über das hinaus, was immer gewesen ist, wenn es für ihn keinerlei Dringlichkeit gäbe?

Sie hat Lust, ihn anzurufen und zu sagen: «Ich habe mich in dich verliebt.» Um zu sehen, was dann wäre.

Nein, das darf sie nicht. Sie ist in dem kleinen Zimmer in der Toskana schon zu weit gegangen. Warum kann sie die Dinge nicht einfach sich entwickeln lassen? Warum diese Ungeduld?

Frühmorgens, überschwenglich gestimmt, schreibt sie ihm Briefe, die sie nicht abschickt. Bis auf einen, doch das ist kein Brief.

Auf einer Werbung der Air France für «Ferienflüge» nach Rom verkauft ein aquarellierter Eismann *gelati*. Unter der Zeichnung steht als Kommentar der Satz: «Dieses Jahr brauchen Sie sich nicht anzuseilen, um wahre Eisberge zu bewältigen!»

Er als Bergsteiger wird das verstehen.

Sie setzt noch hinzu: «Wann wohl werden wieder unsere Gefühle sprechen, wenn von Dir nichts kommt?»

Sie schreibt ihm zum erstenmal seit fünfzehn Jahren.

Doch keine Antwort erfolgt auf ihr kurzes Schreiben, kein Anruf. Seit elf Tagen nichts.

Sie sagt sich, daß sie sich alles nur eingebildet hat.

«Hallo, ich bin's, ich habe nun doch nicht kommen können.»

Er ruft sie um neun Uhr morgens an. Sie kapiert nicht sofort, was er damit sagen will.

Er hätte am letzten Wochenende nach Paris kommen sollen, sie hat seine Nachricht nicht erhalten. Ihr Anrufbeantworter hat nicht funktioniert. Sie ist so bewegt, daß sie scherzt:

«Deine Stimme geht an Tonbändern spurlos vorüber!»

Er lacht.

Zum Glück hat der Apparat nichts aufgezeichnet. Ich hätte ihn sofort zurückgerufen. Er hat sicherlich auf meinen Anruf gewartet. Und wenn er nun nicht gekommen ist, weil ich ihn nicht zurückgerufen habe?

Sie ist sich sicher, er wollte nur ihretwegen kommen.

Er hat ihr sogar geschrieben, den Brief jedoch noch nicht abgeschickt.

«Die Post braucht von Rom aus eine Ewigkeit, ich stecke ihn gleich im Vatikan ein, dann bekommst du ihn schneller.»

Bestimmt sorgen die Engel dafür!

Er sagt, daß er im November, über die Ferien zu Allerheiligen, nach Paris kommt. Sie beherrscht sich, um nicht nach Einzelheiten zu fragen: An welchem Tag? Um wieviel Uhr? Wie lange?

Sie ärgert sich darüber, an ihm gezweifelt zu haben. Alles ist wahr. Er will sie sehen, er hat ihr geschrieben, und er kommt.

In zehn Tagen ist er da.

«Welche Augenfarbe, sagten Sie?»

«Blaugrün.»

Die rundlichen, sehr weißen Hände der Verkäuferin wandern über den Frottee der Bademäntel an der Stange.

Sie hängt einen ab.

«Dieses Mandarinblau vielleicht?»

«Das ist doch eher ein Südseeblau, oder?»

Die Verkäuferin hat nichts dagegen.

Warum habe ich nur von seinen Augen gesprochen? Warum habe ich gesagt: Ich hätte gern einen Bademantel, der zu seinen Augen paßt?

Übrigens sind seine Augen blaugrau.

Sie streicht über den Bademantel, begutachtet seinen Flausch. Er ist dick, ein wenig schwer. Ihr ist warm.

«Und wie ist es mit Waschen?»

Sie befürchtet, daß die Verkäuferin sich über ihre Unwissenheit lustig macht.

«In der Maschine, bei 30°. Aber ziehen Sie ihn beim erstenmal durch Salzwasser, damit er ausblutet.»

Dieser sinnliche, vulgäre Ausdruck bringt sie zum Schwitzen. Sie würde sich gern die Stirn am Ärmel des Bademantels abtrocknen. Die Verkäuferin hat dicke, fleischige Lippen.

Sie mag es bestimmt, wenn ein Penis in ihrem Mund explodiert.

Sie betrachtet deren Hände und findet sie eigentlich weniger rundlich als eher schon fett. Ihre knallrot lackierten Fingernägel beißen sich mit der Farbe des Bademantels. Das wirkt wie in einem Pornofilm. Die Südsee auch.

«Ich nehme ihn.»

Sie will den Bademantel, schnell.

«Welche Größe?»

Sie hat den Eindruck, sie muß die Verkäuferin mitkaufen.

«Ich weiß nicht. Bequem. Es macht nichts, wenn er zu groß ist. Außer wenn er zu klein ausfällt, paßt ein Bademantel immer!»

Sie verhaspelt sich.

Warum bloß habe ich gesagt: Ich suche einen Bademantel für meinen Mann, einen Bademantel, der zu seinen Augen paßt?

Die Verkäuferin hat eine Schublade unter dem Verkaufstresen geöffnet.

«Ich gebe Ihnen einen XL, Sie können ihn ja immer noch umtauschen, wenn er nicht passen sollte.»

Sie folgt ihr an die Kasse. Auf die Frage: «Soll ich ihn als Geschenk einpacken?» wagt sie nicht, mit Nein zu antworten.

Draußen, auf dem Bürgersteig, knotet sie das Geschenkband auf, zerreißt und zerknüllt das Papier und wirft alles in einen Papierkorb. Ganz unauffällig.

Im Bus läßt sie ihre Hand in die Plastiktüte wandern und achtet darauf, daß keiner sie dabei überrascht, wie sie dieses Frotteedings befingert, das, bei Tageslicht besehen, eigentlich eher petrolblau ist.

Zu Hause hängt sie ihn an den Handtuchhaken im Badezimmer. Die Farbe harmonisiert mit den Kacheln. Sie sagt sich, daß dies ein molliger Bademantel ist, einer für einen Mann.

Ihre Briefe haben sich gekreuzt.

Seiner ist liebevoll, aber rätselhaft. Er sagt, daß er in Rom ersticke. Sie versteht nicht genau, wovon er spricht.

Sicherlich hat ihn die Trennung von seiner Frau mitgenommen.

Er erwähnt nicht seine Gefühle für sie, sondern spricht von ihrer unzerstörbaren, dunklen Verbundenheit.

«Wir sind mit einer schrecklichen Zusammengehörigkeit begnadet.»

Wieso schrecklich?

Der Brief verändert sich beim Lesen.

Zum Schluß denkt sie: *Das ist ein Brief voller Besorgnis.*

Sie ruft ihn von einer Telefonzelle auf den Champs-Élysées aus an. Er ist nicht da, doch als sie nach Hause kommt, findet sie eine Nachricht auf dem Anrufbeantworter vor. Er kommt tatsächlich nach Paris. «Am dritten.»

Und wenn sie beide nach Genf zu einer Ausstellung mit Zeichnungen von Piranesi führen? Sie bräuchte ihn nur anzurufen, wenn ihr das zusagte.

Sie zweifelt nicht länger. Sie mag es, daß er ihr diesen Kurztrip vorzuschlagen gewagt hat.

Jetzt ist graues Allerheiligen. Seit der Nachricht, die sein Kommen nach Paris bestätigt hat, wacht sie jeden Morgen um sechs Uhr auf. Sie zählt die Tage.

Sie hat sich schon nach den Fahrplänen der Züge nach Genf erkundigt und fragt sich, ob sie dort nur den Tag verbringen oder ob sie übernachten werden – wo und wie? Die Frage des «Hotels», der Intimität eines Hotelzimmers, beunruhigt sie etwas. Sie sagt sich, daß er entscheiden wird, daß er sicher daran gedacht hat.

Und wenn er nach Paris kommt, wo wohnt er da?

Hat er begriffen, daß sie seit einem Jahr allein lebt, seit sie den Mann verlassen hat, der mit ihr die Wohnung teilte? Sie haben das Thema nicht angeschnitten. Hat sie ihm erzählt, daß ihr Sohn achtzehn Jahre alt ist und teils bei ihr, teils bei seinem Vater lebt?

Wird er bei ihr wohnen?

Der dritte November, endlich! Heute abend kommt er an.

Sie duscht heiß und betrachtet den Bademantel, der dort hängt, als wäre er immer schon dagewesen.

Er sieht zu neu aus. Er darf nicht denken, daß ich ihn für ihn gekauft habe.

Ihn waschen? Nein. Sie kann nicht riskieren, daß er noch naß ist. Ihn wegräumen und ihm schenken?

Da, ich habe dir einen Bademantel gekauft.

Nein, zu früh. Zu persönlich.

Auf dem Waschbecken sind Tiegel und Tuben aufgereiht. Alle möglichen Gesichtsmasken und Schönheitscremes. Er soll gar nicht erst auf dumme Gedanken kommen. Dieser Vierzigjährigenkrimskrams geht Männer nichts an. Sie läßt alles in einer Schublade verschwinden.

Den ganzen Tag lang denkt sie nur an abends. Die Zeit vergeht nicht. Die Wohnung müßte neu gestrichen, die Schränke aufgeräumt, der Teppichboden erneuert werden. Sie braucht Ordnung, Neues.

Und die Musik? Er wird Musik hören wollen, und sie hat keine Anlage mehr.

Das Telefon klingelt. Sie ist sicher, daß er dran ist. Sie nimmt ab, es ist eine Freundin.

«Du meldest dich gar nicht mehr. Bist du untergetaucht, oder was?»

«Nein, alles in Ordnung.»

Sie mag von überhaupt nichts erzählen.

Zu kompliziert. Zu seltsam wichtig. Ihre Freunde würden alles bagatellisieren.

Sie würden sagen: «Du bist einfach nur verliebt!»

So einfach nicht. Es ist keine Begegnung, sondern ein Wiedersehen mit ihm.

Wie soll man erklären: «Er ist der Mann meines Lebens, wir haben uns vor fünfzehn Jahren verpaßt?»

Auf dem boulevard Sébastopol kauft sie eine Stereoanlage und eine Aufnahme der *Tosca.* Auf der Straße fühlt sie sich so glücklich, daß alle sie anlächeln. Sie sieht zu, daß sie schnell nach Hause kommt, um sich fertig zu machen.

Sie zieht sich etwas Schwarzes an. Er mag Schwarz, glaubt sie sich zu erinnern.

Sie zögert, Parfum aufzutragen. Lieber nicht. Sie weiß nicht genau, warum, aber sie ist sicher, daß er weder Parfum noch Schminke noch raffinierte Dessous mag: *Sein Stil wären eher weiße Baumwollunterhöschen.* Hatte er nicht eine ganz junge, erst siebzehnjährige Frau geheiratet?

Und wenn er nur junge Mädchen mag?

Zum Abendbrot ißt sie einen Salat, sieht ein bißchen fern, versucht zu lesen. Die Uhr des Videogerätes zeigt halb elf.

Sie setzt sich an den Schreibtisch, versucht, um ihr ungeduldiges Warten zu verkürzen, ihre Unterlagen auszusortieren, prüft, ob der Telefonhörer den Freiton von sich gibt, schreibt seinen Namen auf ein Blatt Papier, das sie zerknüllt.

Und wenn er nicht kommt?

Er hat im übrigen auch gar nicht gesagt, daß er zu ihr komme.

Bloß: «Ich komme am dritten nach Paris.»

Aber er kann doch nicht nicht kommen.

Um Mitternacht klingelt das Telefon.

«Hallo. Wir sind eben erst angekommen, das Flugzeug hatte Verspätung. Ich kann nicht lange sprechen, wir müssen das Gepäck abholen. Ich rufe dich morgen an.»

Sie antwortet: «Ja, in Ordnung, morgen», und legt auf.

Wer ist «wir»? Bestimmt seine Kinder. Sie verbringen wahrscheinlich die Ferien mit ihm. Er kann nicht mit ihnen zu mir kommen.

Sie hatte die Kinder total vergessen!

Aber morgen kommt er.

Sie entkleidet sich, zieht die Gardinen vor.

Er kommt erst morgen.

Sofort schlafen, um keine Zeit zum Denken zu haben.

Sie legt sich ins Bett. *Wo schläft er in Paris?* Er hat ihr nicht einmal eine Telefonnummer gegeben. Sie schließt die Augen, kuschelt sich in die Bettdecke.

Ihm liegt an mir. Eine Frau, die man nicht liebt, ruft man nicht um Mitternacht von einem Flughafen an.

Mach, daß er nicht einfach ungeniert ist.

Sie weiß nicht genau, an wen sie dieses Gebet richtet, denn ihr Schutzengel ist ja er!

Sie ist in dieser Nacht mehrmals aufgewacht und konnte nicht wieder einschlafen. Morgen ist in vier Stunden. Sie steht auf, badet, um sich zu beruhigen, seift sich nicht ein, schließt im warmen Wasser die Augen.

Diese Liebe, sie kann es nicht fassen.

Sie war diese ganzen Jahre in mir versteckt, wie Liebe auf den ersten Blick mit Zeitzünder.

Als sie aus der Wanne steigt, streichelt sie den Schlaufenflor des Bademantels. Er weiß es zwar nicht, aber es ist sein Bademantel. Wie ein Versprechen von ihm.

Und wenn er zögern würde, ihn überzuziehen? Wenn er denken würde: Der Bademantel gehört einem anderen?

Soll er das nur denken.

Sie wird ihm nicht sagen, daß es seit einem Jahr niemanden mehr gegeben hat. Sie wird ihm nicht sagen, wie sehr es sie danach verlangt, daß ein Mann sie berührt, ihre Brüste streichelt, sein Geschlecht in sie steckt.

Mach, daß er den Bademantel trägt, daß er ihn mit sich durchtränkt, daß ich ihn atmen kann.

In der Toskana hatte er sein T-Shirt vergessen, und nach seiner Abfahrt hatte sie es mit ins Bett genommen.

Am Abend darauf essen sie zusammen im *Café Beaubourg*, wo sie sich verabredet haben. Er hat sich den ganzen Tag um seine Kinder kümmern müssen, die mit ihm nach Paris gekommen sind, wie sie es sich gedacht hatte. Alle drei wohnen bei O., seiner Schwester.

Sie hat keinen Hunger und weiß nicht einmal, was sie ißt. Keine Speise kann sie mehr sättigen als seine Gegenwart, an diesem Abend in diesem grüngrauen Café. Sie sieht zu, wie er ein Steak Tatar verschlingt.

Sie muß wieder an das Raubtier denken.

Seine Scheidung ist noch nicht eingereicht. Der Junge und das Mädchen – er sagt «der Junge und das Mädchen» und nicht «mein Sohn, meine Tochter», als mache ihm das Possessivpronomen angst – leben in Rom, eine Woche bei ihm, eine Woche bei ihrer Mutter.

«Ich kann mir dich nicht mit elf- und vierzehnjährigen Kindern vorstellen.»

Er sagt, daß er «animalische» Gefühle für sie hege. Sie beneidet sie.

Er hat zu Ende gegessen, bestellt sich einen Cognac, fragt, was sie möchte.

Nichts.

Ihn nie wieder verlieren, nie wieder von ihm getrennt sein.

Das möchte sie.

Es ist, als wäre er von den Toten zurückgekehrt.

«Ein bißchen ist unsere Geschichte wie *Orpheus und Eurydike*, nur daß ich es bin, die dich geholt hat . . .»

Er zündet sich eine Zigarette an, stößt den Rauch weit von sich.

«Das ist griechisch!»

Sie erinnert sich seiner Liebe zu Griechenland.

Er leert auf einen Schluck den Cognac, den der Kellner ihm bringt, und erzählt, daß er einen Roman schreibe: eine römische Geschichte.

«Rom merzt seine Bewunderer aus, ich muß meine Figur woanders hinbringen.»

«Das Gegengift für die Ewige Stadt ist New York. New York ist Babylon!»

Er sagt, daß er genau das gesucht habe. Daß nur sie sofort verstehe, sofort finde, was ihm entgehe.

«Siehst du, das genau ist es, was mit dir immer so wunderbar war. Bei niemandem sonst habe ich ein solches Verständnis gefunden.»

In dem Café ist es brechend voll, laut, doch schirmt ihre Vertrautheit sie ab.

Ein heftiges Verlangen, ihn zu berühren, erfaßt sie. Sie spürt, wie sie errötet. Diese starke Gefühlsaufwallung, das ist es, was sie bei ihm so leidenschaftlich liebt. Mehr noch als bei jedem anderen, weil sie nur rein freundschaftlichen, noch nie körperlichen Kontakt gehabt haben.

Sie nimmt seine Hände, küßt sie, wagt ihn nicht anzusehen. Er läßt sie gewähren. Sie liebt es, die Innenflächen zu küssen, dort, wo die Lebens- und Herzlinien verlaufen.

Er hat keine Intellektuellenhände.

Sie reden wie im Rausch. Von Liebe, dem Ideal der Liebe, vom Verschmelzen. Sie sagen, daß eben das so stark ist zwischen ihnen, das Gefühl des wiedergefundenen anderen, der ihnen unbewußt so sehr gefehlt hat. Als seien sie Zwillinge.

Wenn er mich verläßt, wenn er noch einmal aus meinem Leben verschwindet, sterbe ich.

Die Zeit steht still.

Draußen hat er ihren Arm genommen, ihn mit festem Griff gepackt.

Das ist ein Mann, der mich hält.

Es regnet. Sie gehen langsam, sprechen nicht. Sie bleiben stehen. Er sieht sie an, streift ihre Brust.

«Dein Herz schlägt schnell.»

Sie schließt die Augen. Er nimmt sie in den Arm, drückt sie an sich, fest.

«Meins auch.» Er küßt sie. Seine Zunge ist in ihrem Mund. Er wirft sie um wie sonst keiner.

Sie schwankt. Die Bindung zu ihm ist zu alt, zu stark, zu merkwürdig innig. Sie glaubt, ohnmächtig zu werden, und vergräbt ihr Gesicht an seiner Brust.

«Wir fahren zusammen nach Babylon.»

«Wohin immer du willst.»

Sie gehen weiter, umschlungen, schweigend.

Nichts wird je mehr so sein wie vorher.

Vor ihrer Haustür küßt er sie abermals.

Sie sagt nicht: «Du schläfst bei mir.» Auch er sagt nichts. Kaum hat sie ohne ihn die schwere Eingangstür durchschritten, bricht sie in Tränen aus.

Sie zieht sich rasch aus, legt sich ins Bett. Sie spürt noch seine Zunge zwischen ihren Lippen und erschauert. Sie weiß nicht, ob sie glücklich ist.

Wie ist sein Geschlecht?

Sie hat es noch nie gesehen. Sie wünscht sich, er möge wegen ihr einen Ständer kriegen. Das kann er sich doch denken.

Er läßt sich begehren wie eine Frau.

Er hat etwas von einer Frau.

Es ist groß, es würde mich ganz ausfüllen.

Der Gedanke, daß sein Geschlecht groß ist, erregt sie unglaublich. Sie würde es gern sagen, doch wem?

Eines Tages wird er sich dort in den Sessel setzen. Ich werde sein Geschlecht durch den nur locker gekreuzten Bademantel sehen. Ich werde meinen Kopf zwischen seine Schenkel in den weichen Frottee bohren. Er wird meine Haare streicheln, mich am Nacken packen. Er wird mir erlauben, ihn anzufassen, seine warme Rute zu lutschen. Ich werde ihn zum Höhepunkt bringen.

Mach, daß er sich mir so hingibt.

Sie kann nicht schlafen, also steht sie auf und wäscht das in der Toskana vergessene T-Shirt. Morgen will sie es bügeln. Sie würde alle seine Wäsche waschen, wenn er sie ihr gäbe, sie, die das haßt.

Warum hat er mich in den Arm genommen und gedrückt, wie ich es am liebsten mag, um mich dann wieder los- und alleinzulassen?

Sie schlüpft in den Bademantel, kehrt zurück in ihr Bett und schläft schließlich ein.

An den darauffolgenden Tagen sehen sie sich wieder.

Er sagt, er habe sich geirrt, Allerheiligen sei auch in der Schweiz ein Feiertag, die Ausstellung sei geschlossen, und er fühlt sich sowieso nicht gut. Er habe Fieber, bestimmt habe er sich eine Grippe geholt.

Sie ahnt, daß das alles nur Vorwände sind, um nicht mit ihr nach Genf zu fahren. Allein mit ihr.

Er küßt sie nicht mehr. Sie vermißt ihn selbst dann, wenn er da ist. Vor allem, wenn er da ist.

Er ist am frühen Vormittag gekommen, als wolle er den in die Nacht mündenden Abend vermeiden. Sie sagt sich, daß er die Zeit, die er ihr schenkt, beschneidet.

Sie hat sich nicht getraut, ihn beim Aufstehen im Bademantel zu empfangen, aus Furcht, er könnte sie zu ungehemmt finden.

Sie haben nur noch ihre Worte. Er sagt: «Du bist mein zweites Ich, es ist erschreckend.» Oder auch: «Zwischen uns liegt ein Schatten.»

Er hat Angst. Aber wovor?

«Ich möchte mich nicht auf hoher See wiederfinden.»

Er sitzt bei ihr auf dem Fußboden, wie beim erstenmal. Wenn er kommt, läßt er sich an einer Stelle nieder und bleibt dort sitzen. Er bewegt sich nicht vertraut in der Wohnung. Er ist nur zu Besuch.

Sie sieht nur Güte in seinem Blick.

Es ist diese Zärtlichkeit, die das Verlangen tötet.

Ihr fällt es schwer, mit dem Unbehagen dieses Frühstücks zurechtzukommen, dem keine Liebesnacht mit ihm vorausgegangen ist.

Das ist ein Frühstück ohne Vor- und Nachher, eins, das keine Folgen hat.

«Du schaust rein und du gehst wieder.»

Sie spricht von diesen schlimmen Tagen seit dem Kuß, weil sie nichts begreift, weil mit ihm alles folgenlos, ohne Kontinuität scheint.

«Du schenkst mir nur Bruchstücke von dir, Bruchstücke von Zeit.»

Sie kann nur an den Augenblick denken, wo er aufstehen und sagen wird: «Ich muß jetzt gehen.»

«Aber ich bin doch hier, bei dir, nicht woanders.»

Die Katze ist zu ihm gegangen und schmiegt sich an ihn. Sie haßt sie dafür, daß sie darf, wozu sie kein Recht hat. Sie möchte die Katze sein. Er spricht von seinem tiefgehenden Bedürfnis nach Tieren, dem Trennungsschmerz um eine Katze, als er mit seiner Frau auf Kriegsfuß stand.

Sie beugt sich zu ihm. Ganz nahe. «Küß mich.»

Er küßt sie ohne Überzeugung. Es ist kein hingebungsvoller Kuß.

Er bietet sich an, aber er gibt sich nicht hin.

Auch der Kuß bleibt folgenlos.

Dennoch wirft sie einen flüchtigen Blick unter seine Gürtellinie. Sie bräuchte bloß anzufassen, den Reißverschluß zu öffnen. Doch ihm gegenüber wagt sie keine der Liebkosungen, die die Männer mögen, die sie begehrt.

«Du willst nichts von mir. Ich kann dir nichts geben.»

Sie fühlt sich durch seine geringe Begeisterung für sie gedemütigt. Noch nie hat ein Mann sich ihr so verweigert.

Noch nie hat sie so gelitten.

«Wir sind doch keine Kinder mehr.»

Sie benennt ihre geheimnisvolle Bindung von früher: «Liebe zu dir.»

«Warum uns weiter Märchen erzählen?»

Er sagt, daß sie zu sehr in Eile ist.

«Du läßt mir keine Zeit, auf dich zuzugehen.»

Er hat recht, sie ist zu ungeduldig.

Sie ist zu ihm gegangen, schmiegt sich an ihn. Er hat seinen Arm um ihre Schultern gelegt, sie berühren sich züchtig. An seine Brust gelehnt, wagt sie sich kaum zu rühren, kaum zu atmen, aus Angst, er könne sie loslassen. Sie fühlt seine Kraft, seine Ruhe und sagt sich, daß ein Gutteil der Verzauberung daher rührt.

Sie riecht ein herbes Herrenparfum auf seiner Haut. Sie ist überrascht, gerührt. Er benutzt es sicher ihr zuliebe. Beim erstenmal, beim Kuß, hatte er keins benutzt.

«Sag mir, was ich tun soll, um nicht fortgerissen zu werden. Ich will dies alles nicht allein durchleben.»

Sie preßt seinen Arm. Er rückt ein wenig von ihr ab.

«Ich brauche Zeit. Wir sind einander zu nah. Hab Geduld, ich hole dich schon noch ein. Du gehst zu schnell, aber du bist nicht allein.»

Sie schlägt die Augen nieder und entfernt mechanisch jede einzelne der Flusen ihres weißen Angorapullis, die an seinem schwarzen Jackett hängengeblieben sind. Er atmet mehrmals tief durch, als wäre er außer Atem.

«Es tut mir weh zu wissen, daß ich dich verletze.»

Er weiß es. Er tut es dennoch. Doch sie glaubt ihm. Sie hat ein solches Vertrauen zu ihm!

Nie würde er sie anlügen. Sie wird warten, bis er zu ihr kommt. Er wird kommen.

Sie gibt ihm das mit viel Liebe gebügelte T-Shirt zurück. Faltenlos.

«Du kannst bügeln?»

Er kann sich nicht vorstellen, daß sie eine Frau wie alle anderen ist.

«Ich bin doch kein Geist.»

Er geht. Er hat bereits die Tür geöffnet.

«Du wirst mir fehlen . . . Und ich, werde ich dir fehlen? Sag es.»

Er sagt es nicht.

«In meinem Land fragt man gerührte Männer nicht aus.»

Eine Zeile von René Char. Sie erinnert sich, wie sehr er diesen Dichter liebt.

Die Tür hat sich hinter ihm geschlossen. Was sie fühlt, muß einfach wahr sein.

Diese Liebe kann es nicht nicht geben.

Er hat nichts bei ihr vergessen. Es bleibt nichts von ihm zurück. Nicht die geringste Spur.

Nichts Alltägliches, was ein Liebhaber beim Fortgehen liegenläßt, ein auf dem Waschbeckenrand vergessener Rasierer, eine Zahnbürste, nicht richtig zugeschraubte Zahnpasta, all das, was einen in der Partnerschaft auf die Palme bringt, was aber zu Beginn einer Liaison ein anrührendes Zeugnis geteilter Nähe ist.

Sie hat die Tasse, aus der er getrunken hat, nur zögernd gespült. Letztendlich hat sie es aus Aberglauben getan, damit er zurückkommt.

Sie denkt: *Es ist schon jetzt die Zeit der Abwesenheit.*

Sie hat Lust, über ihn zu reden. Nur dazu hat sie Lust.

Mit jemandem, der ihn kennt. Das wäre L.P., über den sie im Sommer seine Telefonnummer bekommen hatte. Er lebt seit ein paar Jahren in New York, hält sich aber gerade zwei oder drei Monate lang in Paris auf. L.P. und er haben gemeinsam studiert. Sie haben sich seit mindestens zwanzig

Jahren nicht mehr gesehen, standen sich jedoch früher recht nahe.

Leider ist L.P. zur Zeit nicht in Paris. Auf Reisen.

Wer dann? Sie hat ihn keinem ihrer Freunde vorgestellt. D. und J., die mit dem Haus in der Toskana, haben ihn nur zwei Tage lang erlebt.

Sie erinnert sich an die Bemerkung von D., als er sie dort gerade erst verlassen hatte:

«Das ist kein Mann für dich.»

Sie hatte gefragt, warum. Er wußte es nicht. Eine Eingebung.

«Er wird dir sehr weh tun.»

Sie hatte sich gesagt, daß D. ein Gespür für diese Dinge habe, daß er sich nur selten irre, doch sie hatte darüber gelacht. In der Glückseligkeit der zwei Toskana-Tage war dieser Urteilsspruch absurd.

Es ist einfach das genaue Gegenteil dessen, was ich erahne.

Sie erinnert sich an O., ein dunkelhaariges junges Mädchen mit schwarzen Augen, und weiß nicht mehr genau, ob sie miteinander sprachen oder einander nur begegneten, als sie damals beide auf dasselbe Gymnasium gingen, vor zwanzig Jahren. Egal. Es ist, als kennten sie sich, weil O. von früher kommt und weil sie seine Schwester ist.

Sie ruft sie an. O. ist nicht überrascht. Er muß ihr von ihr erzählt haben. Sie vereinbaren, sich zu treffen, und O. lädt sie zu sich ein.

Sie ähnelt ihrem Bruder nicht, einmal abgesehen vielleicht von diesem Flackern im Blick, der häufig zwischen Unruhe und Ironie schwankt. Sie sagt sich, daß sie ihr nur von dem Wunder des wiedergefundenen Freundes erzählen kann. Von dem, was mit ihm ist, könnte sie nicht reden.

O.s Kinder kommen aus der Schule. Sie sucht nach einer Ähnlichkeit mit ihm. Das entzückende Mädchen, das mit ihrem Kuchen am Klavier sitzt, und der Junge, der eben der

Kindheit entwachsen ist und den seine Mutter mahnt, die Schulaufgaben zu machen. Alles bei O. ist normal, wirklich. Das beruhigt sie.

Daß es O. gibt, daß sie seine Schwester ist, ist ein Beweis für seine Existenz.

Seit er nach Italien zurückgekehrt ist, vermittelt ihr das engelhafte Element ihrer Beziehung – all das, was zwischen ihnen ungenannt, körperlos bleibt, die Entfernung, seine Blitzbesuche bei ihr, die knapp bemessene Zeit – ein Gefühl der Unwirklichkeit.

O. macht Kaffee, erzählt von dem kleinen Jungen, der er war und der ihr das Lesen beibrachte, der Entfremdung zwischen ihnen, seit er Frankreich verlassen hat. Sie spricht voll Nostalgie von ihm. Er war ihr immer ein Rätsel. Jemand Unergründliches.

Das starke Gefühl für ihn bringt sie einander nahe.

Im Grunde kannten sie sich früher gar nicht richtig, aber sie haben sich sofort gefunden.

O. wird ihre Verbündete.

Den Bademantel hat er nicht angezogen. Er hat ihn nicht einmal gesehen. Er ist dreimal bei ihr gewesen, jedoch nie ins Bad gegangen.

Das ist der Ort der Nacktheit, der Intimität der Körper, dessen, was er mit mir nicht will.

Sie verspürt Lust auf Unanständigkeit, auf Brutalität, beinahe schon auf Vulgarität, doch der Wunsch nach all diesen Dingen des liebenden Körpers – Geschmäcker, Gerüche, Feuchtigkeiten, Haare, Speichel, Sperma – ist mit ihm unerfüllbar.

Als sie den Bademantel abhängt, bemerkt sie am Kragen ein Etikett:

Keep away from fire. Vor Feuer schützen.

Dabei stehe ich *in Flammen.*

Sie streichelt sich.

Komm in mich, ich will deinen Schwanz.

Sie wühlt ihr Gesicht in den Frotteestoff. Sie bringt sich zum Orgasmus.

Ist Liebe ohne Sex möglich?

Das Parfum, das sie in seiner Halsbeuge gerochen hat, verfolgt sie. Eine Art berauschender Geruchshalluzination.

Sie hat sich oft gefragt, wie man sich an ein Parfum, an einen verflogenen Geruch erinnern kann. Er hätte ihr geraten, noch einmal *Auf der Suche nach der verlorenen Zeit* zu lesen. Sie erinnert sich an seine Liebe zu Proust.

Einmal riecht sie in der U-Bahn dieses Parfum an einem Mann, traut sich jedoch nicht, ihn nach der Marke zu fragen. Dieser Mann sieht ihm überhaupt nicht ähnlich, doch hegt sie die ganze Fahrt über liebevolle Gefühle für den Unbekannten.

In einer großen Parfümerie der Halles stöbert sie herum, öffnet methodisch alle Flakons mit Herrenparfum. Die blaßgelben Zitrushaltigen, die grünen Herb-Frischen, die bernsteinfarbigen Moschusgerüche.

Ihr ist schwindelig.

Und wenn es ein italienisches, hier nicht zu findendes Parfum wäre?

Am Ende riecht sie überhaupt nichts mehr. Sie will gerade gehen, ein anderes Mal wiederkommen, als ihr ein Lichtreflex auf der Kante eines Flakons zuzwinkert. Sie schraubt den Deckel auf, und im Bruchteil einer Sekunde taucht, wie aus Aladins Wunderlampe emporgestiegen, *er* auf.

Sein blauer Blick, seine struppigen Augenbrauen, seine Haarmähne, das Grübchen am Kinn, seine Hände, seine Stimme, die sie so liebt.

Er könnte auf dem Verkaufstisch sitzen, mit gekreuzten Armen, mit diesem Ausdruck, diesem unveränderlich liebevollen Ausdruck, sie könnte ihn beinahe berühren.

Aber das ist wieder etwas ganz anderes.

Sie träufelt ein paar Tropfen des Parfums auf ihr Handgelenk und riecht daran, wie ein Erstickender nach Luft ringt. Sie berauscht sich an ihm.

Als sie das Geschäft verläßt, merkt sie, daß sie den Flakon mitgenommen hat, ohne zu zahlen.

«Du bist wirklich Spezialistin für Nostalgie.»

Sie ißt bei ihrem Bruder zu Abend und erzählt ihm von dem Wiedersehen.

«Der Reiz des Verlorenen und Wiedergefundenen – du hast ja keine Ahnung! Erinnerst du dich an ihn?»

Natürlich erinnert er sich:

«Das war einer dieser brillanten, eher gutaussehenden jungen Männer, mit denen du dich früher umgeben hast.»

«Er war der brillanteste und mein liebster Freund. Und jetzt . . . Er ist der Mann meines Lebens, ich weiß es einfach . . .»

Ihr Bruder hat Zweifel, er kann nicht sagen, weshalb.

Doch sie kennt nur zu gut seine Mund- und Augenbewegungen, als er sie warnt.

«Solche Geschichten, die wieder hochkommen, sind verdächtig.»

«Du meinst die Rückkehr des Verdrängten?»

«Unter anderem.»

Ihr Bruder ist Psychoanalytiker.

Seit acht Tagen ist er jetzt fort.

Er ruft nicht an.

Seit acht Tagen ist Warten zu einer Vollzeitbeschäftigung geworden. Sie lebt in diesem Warten auf ihn.

Es spukt auf den Straßen, wo sie gegangen sind, in den Cafés, wo sie sich getroffen haben. An diesen Orten liegt seine Gegenwart unmittelbar in der Luft. Rom ist weit, daß weiß sie wohl, doch es ist, als könne er jeden Moment auftauchen.

Bei Arbeitssitzungen fragt sie sich, was er wohl von diesem oder jenem halten würde, benutzt seine Ausdrücke, um Ideen oder die Ausrichtung eines Projektes zu kritisieren, alles, von dem sie meint, er könne dagegen sein.

In der U-Bahn mustert sie Männer, die ihr eine vage Ähnlichkeit mit ihm zu haben scheinen, und manchmal folgt sie auf der Straße einer Silhouette, die sie von ihrem lockigen Haar, der Statur, dem marineblauen Mantel her an ihn erinnert. Im Kino sind Küsse und Liebesszenen ihr nur schwer erträglich.

Mach, daß er *anruft, daß* er *schreibt . . . Daß* er *auf* mich *zukommt.*

Sie giert zu sehr nach seiner Stimme, nach seinem Mund. Hundertmal am Tag ruft sie sich den Kuß ins Gedächtnis. Jedesmal ist es derselbe Dolchstoß. Weshalb hat er sie nachher nicht mehr geküßt?

Für mich kriegt er ihn nicht hoch, er spürt kein Verlangen nach mir.

Sie weiß, daß sie über diesen Kummer nie hinwegkommen wird, wenn er sie wie einen Engel liebt und nicht wie ein Frau.

Nicht von ihm geliebt zu werden wäre eine unheilbare Wunde.

Wie ist das Leben langsam und die Hoffnung heftig.

Endlich fällt ihr diese Zeile Apollinaires wieder ein. Seit Tagen versucht sie, darauf zu kommen.

An diesem Nachmittag hat sie über eine Stunde bei La Hune am boulevard Saint-Germain verbracht. Das ist «seine» Buchhandlung. Er hat immer schon Buchhandlungen gemocht. Sie auch. Sie sind oft gemeinsam dagewesen.

Sie ersteht dort eine ganze Reihe von Büchern. Sachbücher über Leidenschaft, Liebe, Vertrautheit, Sexualität. Die Verkäuferin zählt die Bücher, tippt den Preis ein, schenkt ihr ein leicht komplizenhaftes Lächeln.

«Arbeiten Sie an einer Studie über die Liebe?»

Sie mag dieses anonyme Verstehen.

«Ja, genau.»

Genau das tut sie.

Sie hat das Parfum auf den Bademantel gesprüht und zieht ihn zum Schlafen an.

Selbst im Schlaf schüchtert er sie ein; er sagt:

«Du kannst gar kein Geschlecht haben.»

Sie zieht sich nackt aus. «Aber natürlich, sieh doch!»

Er sieht nicht hin.

Sie greift nach seiner Hand, küßt sie wie im Café, führt sie zwischen ihre Schenkel, doch sie sieht Entsetzen in seinem Blick. Sie schreckt aus dem Schlaf hoch. Es ist zwei Uhr morgens. Sie weint. Sie hält es nicht mehr aus, ihn nicht anzurufen, nichts zu wagen, weil sie nichts über sein Leben weiß. Vielleicht liegt er schlafend neben einer Frau?

Sie hebt den Hörer ab, wählt die Nummer in Rom, doch legt in letzter Minute wieder auf. Was sagen?

Ich kann ohne dich nicht leben, liebe mich, ist das einzige, was sie sagen möchte.

«Hallo, ich bin's.»

Sie fühlt sich wie ein in der Wiege vergessenes Kind, das schreit, damit man es trösten kommt.

«Ja, guten Abend.»

Seine Stimme wiegt sie, sie schließt die Augen.

«Ich wollte dich so gern hören, entschuldige, daß ich so spät noch anrufe.»

Er arbeitet. Er schreibt gerade.

«Du kannst mich anrufen, wann du willst, auch nachts.»

Das hätte er nicht sagen dürfen! Sie wird ihn jede Nacht anrufen.

«Du störst mich nicht, im Gegenteil.»

Zum Glück ändert dieses «im Gegenteil» alles.

Es mißfällt ihm nicht nur nicht, er hat sogar nur darauf gewartet!

Er hat ja keine Ahnung, wie sehr diese beiden Worte sie besänftigen und ihre nächtliche Ruhe bewahren!

«Mein armer Liebling.»

Sie wagt, kaum hörbar, den geflüsterten «Liebling».

Hat er ihn gehört?

«Ich will dich nicht mitten in der Nacht anrufen. Ich wache lieber aus der Ferne über deine Arbeit und deinen Schlaf.»

Sie fügt mit kleinem Stimmchen hinzu:

«Außer in dringenden Notfällen.»

Er lacht, fragt aber nicht, was denn solch ein dringender Notfall wäre.

«Das sind Worte eines Liebhabers», sagt ihr Freund L.P., der von seiner Reise zurück ist und sich für ein Jahr in Paris niederläßt. Sie hat ihm das kleine Zimmer über ihrer Wohnung überlassen und sieht ihn beinahe täglich.

«Nur Liebhaber telefonieren nachts miteinander. Es ist die reinste Grausamkeit, dir das zu sagen, wo er doch nicht mit dir schläft.»

Wie könnte sie ihn für grausam halten? Nein, vielleicht verwirrt sie ihn nur einfach nicht, schlägt er ihr diese Nachtgespräche ganz unschuldig, rein freundschaftlich vor.

Davor hat sie viel mehr Angst als vor Grausamkeit.

L.P. wirkt nicht überzeugt.

«Du weißt überhaupt nichts von dem, was zwischen uns ist, du kannst nicht verstehen.»

Wie sollte L.P. verstehen, was sie selbst nicht begreift?

«Und wann seht ihr euch wieder?»

Sie weiß es nicht.

Eine normale Frage, scheint es. Keine Antwort zu haben ist ihr nicht peinlich. Zwischen ihr und ihm ist alles so neu.

«Du willst nur nicht sehen. Du bist schön, begehrenswert, du kannst mit einem solchen Frust nur unglücklich sein. Hältst du dich für die Prinzessin von Cleve, oder was?»

L.P. weiß nicht, daß er ihr diesen Roman früher zum Lesen gegeben hat. Er sprach mit solchem Feuer davon, sie erinnert sich noch gut! Er nannte sie: «Meine liebste Prinzessin von Cleve.»

«Das ist sein Lieblingsroman, wußtest du das?»

Nein, das wußte er nicht. Aber es wundert ihn nicht, daß er diese Figur der geopferten Liebe so schätzt, diese sinnliche Frau, die sich lieber zerstört, als dem verbotenen Verlangen nachzugeben.

L.P. bringt sie auf.

«Ihr seid ja alle so konformistisch! Daß ein Mann nicht mit einer Frau bumst, heißt doch nicht, daß er sie nicht liebt.» In diesem Augenblick ist sie, dank der Prinzessin von Cleve, davon überzeugt.

Jeden Abend telefonieren sie stundenlang. Sie folgt keiner Einladung mehr, sorgt dafür, daß L.P. nicht noch spät bei ihr ist, und wenn sie Besuch von Freunden hat, schützt sie gegen halb elf, elf Uhr Müdigkeit vor, um allein bleiben und ihn anrufen zu können.

Sie stöpselt den Anrufbeantworter auf die andere Leitung, um ungestört zu sein, zieht die Vorhänge vor und ruft ihn vom Bett aus an.

In der Dunkelheit der Nacht schenkt ihr der Parfumgeruch des Bademantels beinahe seine Anwesenheit. Er ist da, an ihrem Ohr. So nah, so fern.

Nur seine Stimme allein senkt ihr Fieber.

Sie zähmen einander.

Sie würde am liebsten nur von ihrer Geschichte, von ihrer Liebe zu ihm sprechen, doch seine Zurückhaltung, die sie kennt, schreckt sie ab. Sie bemüht sich, unbeschwert zu wirken. Er sagt ihr oft, daß er nur Unbeschwertheit, Transparenz mag.

Noch nie hat sie sich so dem Willen eines Mannes unterworfen. Für ihn ist sie zu allem bereit, selbst wenn sie sich darüber ärgert, sich mit so wenig zufriedenzugeben.

Er liest ihr Passagen aus seinem Roman vor und bittet sie um Anmerkungen. Sie hat ihn dazu überredet, daran weiterzuschreiben. Sie mag, daß er schreibt. Er ist dafür gemacht. Das war immer ihre Meinung. Daß er gleichzeitig Philosoph und Bergsteiger, «Kopf und Körper», ist, fasziniert sie seit ihrer Jugend.

Darin liegt sein Reiz, das ist das Geheimnis seines Charmes.

Was er schreibt und ihr am Telefon vorliest, bestätigt, was sie von ihm geahnt hat. Von seiner rastlosen Sinnlichkeit, von seinen Obsessionen, von der «unbezwingbaren Festung» in ihm und insbesondere von seiner Vorstellung von Frauen.

Auf die eine oder andere Art sind alle bedrohlich.

Verhexend, Männer mordend, zu rettende Irre – nur ganz junge Mädchen, zerbrechliche Kindfrauen, die man formen und unterwerfen kann, finden Gnade in seinen Augen.

Aber ich doch nicht, ich kann doch keine Bedrohung für ihn sein . . .

Nein, sie nicht.

Manchmal, ausgelöst von einem Wort, einem Satz, einer Liebesszene oder einfach nur einer Modulation seiner Stimme, kommt hoch, wie sehr er ihr fehlt. Doch davon sagt sie ihm nichts, denn nur durch das Vorlesen dieser Seiten erhält sie einen kleinen Einblick in all das, was sie ihn nie zu fragen wagt und wovon er nie spricht.

An manchen Abenden jedoch genügt es, daß sie auf seine Abwesenheit, auf die Entfernung zwischen ihnen, auf seine Unentschlossenheit, auf die Ungewißheit ihrer Beziehung, auf die Zeit, die er sich für sie nicht nimmt, anspielt, und er wird nebulos oder, schlimmer, sarkastisch.

«Eines Tages sagst du zu mir: Bis in zwanzig Jahren . . .»

«Ich hasse es, wenn du so etwas sagst. Warum sagst du das?»

«Ich weiß nicht, so ein Vorgefühl.»

Man könnte meinen, er habe keine Ahnung, wie verletzlich sie ist gegen seine Worte, seine Seufzer, sein Schweigen. Weiß er denn nicht, daß sie seine Zuneigung an allem Nichtgesagten, am geringsten Versprecher ermißt?

Das Nichtwissen um ihre Gefühle für ihn – sie wagt nicht, «Gleichgültigkeit» zu denken –, das er vortäuscht oder, schlimmer, wirklich empfindet, dieses Nichtwissen verletzt sie zutiefst. Ist er denn nicht ihr «zweites Ich», weiß er denn nicht zwangsläufig alles von ihr? Muß er denn nicht alles verstehen, selbst das, was sie nicht ausspricht?

Wenn er nicht das erleidet, was sie erleidet, denkt sie, dann sind sie vollkommen voneinander getrennt.

Und seit einiger Zeit kann sie das Wort «Trennung» nicht mehr hören. Wenn jemand es in ihrem Beisein verwendet, aus welchem Grund auch immer, dann macht dieses Wort sie schaudern.

Trotzdem gibt es Vertrautheit, Nähe in diesen abendlichen Ferngesprächen. Die der Stimmen, des Schweigens, des Atmens. Mit ihm zu sprechen ist beinahe eine Umarmung. Seine Worte, seine Stimme dringen in sie ein, als würde er mit ihr schlafen.

Wenn sie auflegt, fühlt sie sich unter Entzug.

Eines Abends drückt sie auf die Lautsprechertaste des Telefons, und plötzlich ist seine Stimme im Schlafzimmer, viel wirklicher, viel näher als im Hörer, als läge er dort neben ihr im Bett.

Die so lieben Stimmen, die verstummt sind.

Diese Verszeile Verlaines kommt ihr wieder in den Sinn, als sie auflegt und es nicht länger erträgt, ihn jedesmal zu verlieren.

Wo ist er, während sie im Dunkeln bleibt? Nirgends. Sie fällt, fällt, als habe er sie in einen Abgrund fallen lassen, als überließe er sie, wegen der sie trennenden Abwesenheit und Entfernung, dem lauernden Tod.

Er fehlt ihr, wie einem die Toten fehlen, die man geliebt hat.

«Ein Diktiergerät wollen Sie also?»

Auf die Frage des Verkäufers, der vor ihr mehrere kleine Kassettengeräte verschiedener Marken in ihren Kunststoffhüllen ausbreitet, antwortet sie, daß sie nicht gewußt habe, daß man das so nenne.

Sie probiert die Abspiel- und Aufnahmefunktionen aus: *forward*– vorspulen, *rewind* – zurückspulen, und entscheidet sich für ein kleines schwarzes Gerät, das in einer Hand Platz hat. Dazu gehören winzige Kassetten von einer oder anderthalb Stunden Laufzeit. Sie ersteht zehn mit einer Stunde.

Wieder zu Hause, ruft sie ihre Freundin A. an, um die Aufnahme der Stimme, den Umgang mit dem Gerät und vor allem zu testen, ob man am anderen Ende der Leitung auch das Echo des Lautsprechers nicht hört.

Auf ihrem Bett plaziert sie den Recorder neben dem Telefon und drückt beim dritten Klingelzeichen die Aufnahmetaste. A. sagt nichts über irgendein Echo.

Unter dem erstbesten Vorwand hängt sie wieder ein. *Stop*, dann *rewind*. Das Gespräch ist aufgezeichnet. Es ist deutlich zu hören. Ihre Stimme und A.s Stimme, vielleicht nicht ganz so präsent.

Bevor sie einen beruflichen Termin wahrnimmt, stellt sie alles für abends zurecht.

«Entschuldigen Sie bitte, ich muß telefonieren.»

Die Zeit läuft. Es ist spät. Die Besprechung dauert. Sie ruft ihn an, um sicherzugehen, ihn später nicht zu verpassen.

Er ist nicht da. Von zu Hause aus hätte sie ihn alle zehn Minuten angerufen. Das tut sie auch, sobald sie zurück ist.

Niemand da. Mitten in der Nacht erwacht sie aus unruhigem Schlaf. Mehrere Klingelzeichen. Er ist nicht zu

Hause. Er schläft nicht zu Hause. Zum erstenmal macht sich in ihr dieses Gift breit: Er hat eine Geliebte. Er schläft in manchen Nächten bei ihr.

In seinem Leben gibt es eine Frau, mit der er schläft.

Draußen regnet es, und der Wind klappert an den Drähten, mit denen die Blumenkübel auf den Fensterbänken festgezurrt sind. Sie raucht eine Zigarette nach der anderen. Ihr Körper ist wie das Wetter, entfesselt.

Gleich klingelt es an der Haustür, ich gehe öffnen, ohne im Eingang Licht zu machen. Er steht dort vor mir, wie am Abend seiner Rückkehr, breitet seine Arme aus und drückt mich an sich. Seine Hand gleitet an meinem Schenkel hinauf, bis an die Spalte, die er streichelt, bevor er mich an die Wand preßt, sich aufknöpft und in mich dringt.

Ihre Brüste, ihr Geschlecht tun ihr weh.

Wie ist er in der Liebe zu einer Frau?

Das Hundewetter hält auch am nächsten Tag noch an. Sie hat Termine und nur zu einem Lust: im Bett bleiben und auf den Abend warten, um ihn anrufen zu können.

Bevor sie geht, wählt sie noch einmal die Nummer in Rom an. Er ist immer noch nicht da.

Wenn ich ihn nicht erreichen kann, sterbe ich! Die Telefonleitung ist wie eine Nabelschnur.

Sie stellt ihren Anrufbeantworter an.

Sie wandert durch die Straßen wie im Schlaf. Sie versucht, ihn von allen Telefonkabinen auf ihrem Weg anzurufen. Er ist immer noch nicht zurück. Wenn sie wenigstens ein Gespräch mit ihm hätte aufnehmen können, würde sie jetzt nicht so entsetzlich unter dem Entzug seiner Stimme leiden. Den ganzen Tag versucht sie, ihn zu erreichen. Ohne Erfolg.

Abends kommt sie nach Hause. Keine Nachricht. Sie ruft wieder bei ihm an. Immer noch niemand da. Sie fängt an, sich Sorgen zu machen. Wenn er nun einen Unfall gehabt hätte oder plötzlich krank geworden wäre?

Sie ruft seine Schwester an. Erkundigt sich unauffällig, sagt, daß sie die Antwort auf eine dringende Frage von ihm habe. Sie müsse ihn unbedingt sprechen. Ob O. wüßte, wo er sei?

Sie weiß es nicht.

Doch siehe, nach der kalten Zeit kehrt zurück die Verzauberung.

Es reichte, daß er gegen elf Uhr abends kam, daß er den Drang verspürt hatte, zu ihr zu kommen.

«Das Telefon war ständig besetzt, da habe ich mir gesagt, du bist da.»

Sie hatte ihn in Rom angerufen, dabei war er in Paris! Er reist morgen zurück.

Er liebt mich, er kommt zu mir. Zwangsläufig. Er hätte gut nicht kommen können, und ich hätte niemals erfahren, daß er hier war.

«Störe ich dich auch nicht?»

Sie spielt nervös mit einem Stückchen Watte in ihrer Tasche, als sie plötzlich merkt, daß sie den Bademantel trägt.

Wie entsetzlich! Ich muß diesen parfümierten Bademantel ausziehen!

Und wenn er sie gerade diesmal an sich ziehen würde?

Er darf auf keinen Fall sein Parfum riechen!

Sie bittet ihn herein und flüchtet ohne Erklärung ins Badezimmer.

Ich bin ja verrückt, er muß denken, ich mag es nicht, wenn er ohne Vorankündigung kommt.

Sie hat Angst, die Tür zuschlagen zu hören, Angst, er sei gegangen. Sie zieht den Bademantel aus, schließt ihn in einen Schrank, zieht sich wieder an, hastig, linkisch.

Er wird sich fragen, was mit mir los ist, wo ich ausnahmsweise mal halb nackt vor ihm gestanden habe.

Doch als sie zurückkommt, blättert er seelenruhig in einem Buch auf dem Schreibtisch.

Sie zittert, als sie zu ihm geht, hält an sich, um nicht zu weinen. Er darf nicht wissen, wie sehr sie auf ihn gewartet hat und was für ein Wunder es ist, daß ihr sehnlichster Wunsch, ihn zu sehen, in Erfüllung gegangen ist.

«Ich habe mir so gewünscht, daß du einfach so kommst.»

Sie sagt nicht, wie sehr. Es ist das Geheimnis ihrer Verbundenheit, was sie in diesem Moment bestätigt sieht, was sie weiß, seit sie sich kennen: Niemals werden sie einander fremd sein.

Er ist ein Teil von ihr und sie von ihm. Diese unerklärliche Bindung kann durch nichts aufgelöst werden.

Der beste Beweis: Wenn er ihr allzusehr fehlt, «erscheint» er.

Wie im Märchen. Genauso unwirklich wie im Märchen.

Wie durch Zauberei.

Er küßt sie nicht, sondern drückt sie an sich. Fest. Wortlos.

Er «verzaubert» sie.

In der Verzauberung fühlt sie sich schwach, ganz warm, ganz klein. Es geht hier nicht länger um Verlangen oder um Sex, sondern um Anbetung. Gegenseitig. Perfekt. Nichts und niemand kann sie jetzt noch erreichen oder verletzen.

Es ist wie eine Rückkehr zu den Ursprüngen, zu den goldenen Zeiten, als sie nicht getrennt waren.

Stumm, einander kaum ansehend, stehen sie lange so umschlungen. Weiter nichts.

Und dann verschwindet er.

Die Tage nach dieser flüchtigen Begegnung sind niederschmetternd.

Weil auf die verflogene Verzauberung wieder das Begehren folgt. Weil es sie giert nach seinem Geschlecht, nach einer Umarmung, die er ihr verweigert und die nichts und niemand stillen kann.

Weil es ihr nicht gelingt, diese Beziehung einzuordnen, weil sie nicht mehr weiß, was wirklich ist und was nicht, und vor allem, weil sie sich nicht fähig fühlt, auf diese Augenblicke mit ihm zu verzichten, die das einzige sind, was er ihr schenkt.

«Du gibst mir zuviel und ich dir so wenig.»

Warum so wenig und warum mit so wenig Zeit? Warum?

Sie kann ihn weder zurückhalten noch in seiner Gegenwart gelassen sein noch ihn ohne Bangigkeit verlassen. Nie. Weil sie nicht weiß, ob es eine Fortsetzung gibt.

Eine Fortsetzung wovon?

Es ist, als ob ihre Geschichte endlos keinen Anfang nähme. Einen Anfang nicht schaffte.

Nie anfangen würde.

L.P. ist begeistert von ihrem Zimmer unter dem Dach, und ihr ist es lieb, daß dieser ewige Jugendliche von vierzig Jahren zur Zeit nicht weit ist.

Er kommt oft zum Frühstück und wird wütend, sie von Tag zu Tag nervöser, trauriger werden zu sehen:

«Das ist ein Aufreißer, der nur sich selbst liebt. Schau dir mal wieder *Die Katze auf dem heißen Blechdach* an. Daß er sich so anbeten läßt ist eine Schande. Im übrigen habe ich früher oft gedacht, daß er ein ungelöstes Problem mit verdrängter Homosexualität hat.»

L.P. weiß, wovon er spricht. Er kennt die Männer viel besser als sie. Doch sie denkt lieber, er rede Unsinn. Er ist sicher eifersüchtig auf ihre stille, tiefe Seelenvertrautheit, eifersüchtig vielleicht auf eine Beziehung, die er gern zu ihr hätte.

Oder zu ihm.

Sie mag es nicht, wenn L.P. so von ihm spricht.

Warum sollte ihre – sicherlich etwas «spezielle» – Liebesgeschichte weniger wahr sein als irgendeine andere?

Warum sollte er nicht das Recht haben, ausschließlich mit dem Streicheln der Seelen glücklich zu sein, mit in der Nacht aus der Ferne gemurmelten Worten, ohne fleischliche Bindung?

Doch da ist die Wut.

Beim Duschen weint sie.

In diesen Bademantel wird er nie hineinschlüpfen. Auch in sie wird er nie hineinschlüpfen.

Darüber kann sie nicht lachen.

Sie haßt ihn, diesen Bademantel. Er hängt wie eine abgezogene Haut am Haken im Badezimmer. Diese Frotteehaut eines Mannes, den zu verführen ihr nicht gelungen ist und der sie nie mit seinem Geschlecht lieben wird, erfüllt sie mit Abscheu.

«Ich werde ihn wegschmeißen.»

Den Bademantel wegschmeißen. Sie sollte besser den Mann mit wegschmeißen. Nein. Sie kann es nicht.

Sie kann nicht einmal ertragen, ihm böse zu sein.

Weil er er ist. Er. Und sie nicht anders als ihn lieben kann. Und er sie nicht nicht lieben kann.

An diesem Nachmittag besucht sie ihre Freundin C., die gerade entbunden hat. Als sie das vertrauensvolle Baby im Arm hält, würde sie am liebsten weinen. Sie möchte noch ein Kind haben.

Ein Kind von ihm.

Zum erstenmal seit achtzehn Jahren, seit der Geburt ihres Sohnes, kommt erneut dieser Wunsch hoch, den sie bei den anderen Männern, die sie in den letzten Jahren kannte, nie wieder verspürt hatte.

Er ist ein Vater. Männer, die Väter sein können, sind selten.

Aber wie soll sie ein Kind von dem Mann, den sie mehr als alles andere auf der Welt liebt, bekommen, wenn er sich auch weiterhin weigert, mit ihr zu schlafen?

Beinahe allabendlich führen sie nicht enden wollende Telefongespräche.

Ohne Tricks oder Vorsicht entblößt sie sich völlig, verheimlicht ihm nichts. Sie ist total ehrlich. Gefährlich ehrlich.

Oft sagt sie sich, daß sie sich geheimnisvoller geben, mehr Kunstgriffe verwenden sollte, daß sie ihm viel zu verfügbar erscheinen muß. Bei jedem anderen Mann hätte sie auf weibliche Listen zurückgegriffen, Liebhaber erfunden, um seine Eifersucht anzufachen, doch bei ihm ist das unmöglich und vergeblich. Und gibt er sich denn nicht, trotz aller Vorbehalte, viel mehr preis als vorher?

In ihren bald zärtlichen, bald stürmischen Wortwechseln steckt Wollust, wenn sie ihm sagt, welch ein Glück es für sie bedeutet, ihn zu lieben und anbeten zu dürfen.

Und auch, welch ein Schmerz.

Daß er sich manchmal von ihrer Liebe zu ihm «aufgefressen» fühlt, daß sie so oft dieses Gefühl hat, ihn zu belagern, mit Gewalt nehmen zu wollen, was er ihr nicht gibt, das tut ihr weh. Entsetzlich weh.

Er fühlt sich nicht gern säumig. Er enttäuscht nicht gern. Er wirft ihr ihre Unersättlichkeit, ihre mangelnde Mäßigkeit vor.

«Ich bin bereits ein Stück vorangekommen, doch zweifellos nicht genug. Du bist schrecklich, du willst immer mehr.»

Sie sagt, daß sie sich für ihre Art, ihn zu lieben, selbst nicht ausstehen könne, doch daß er sie auch nicht so liebe, wie sie es sich wünsche.

Er protestiert. Mit Worten, die beruhigen. Mit Worten der Hoffnung.

«Noch vor zwei Monaten wußte ich nicht ... vor einem Monat auch noch nicht, und jetzt, jetzt ... das kommt ganz von allein. Du siehst doch, die Zeit macht das schon. Ich möchte, daß du nicht so nervös bist.»

Was wußte er nicht? Was kommt ganz von allein?

Sie versteht nicht richtig, doch wie könnte sie daran zweifeln, daß er ihr so, schüchtern, seine Liebe erklärt?

In solchen Augenblicken kommt sie sich vor wie ein Ungeheuer. Ein trauriges, gefräßiges Ungeheuer, das sie selbst nicht mag.

Sie möchte ihn in den Arm nehmen, ihn trösten.

Verzeihung, es stimmt ja, du kommst in deinem Tempo, verzeih mir, daß ich so ungeduldig bin, dir die Worte oder Gesten abverlange, die ich mir wünsche, und die deinen weder zu sehen noch zu hören.

«Weißt du, wie man dein Verhalten in dieser Art von Geschichte nennen könnte?»

Ihr Bruder kocht für seine Töchter. Er holt den Rinderbraten aus dem Ofen.

Nein, sie weiß es nicht.

«Den Cinderella-Komplex!»

Er erklärt ihr diesen Hang, den er seit ihrer Kindheit an ihr beobachtet: felsenfest zu glauben, daß aus Kürbissen einfach Kutschen werden müssen, weil sie es so will!

Auf dem Topfboden, den er mit etwas Wasser ablöscht, ergeben die Tomaten und die Zwiebeln mit dem Bratensaft die Soße. Sie macht das genauso.

In ihrer Familie war das Wichtige immer die Bratensoße. Die Bratensoße, das ist das Erbe ihrer Mutter.

«Das ist kindliches Wunschdenken. Du kannst noch so sehr wollen, daß diese Geschichte existiert . . .»

Sie ist gekommen, um das zu hören, will es aber nicht hören.

Sie protestiert: «Aber sie existiert doch!»

Ihr Bruder schneidet den Braten auf. Seine jüngere Tochter steht auf dem Stuhl.

«Du willst doch nicht da oben essen! Das ist ganz neu, sie ißt im Stehen! Setz dich sofort hin.»

Das kleine Mädchen, das wie ein schelmischer Kobold aussieht, setzt sich, mit den Händen fuchtelnd, hin.

«Können wir denn keine Beziehung haben, die . . . ich weiß auch nicht . . . die rein . . .»

Sie findet das richtige Wort nicht. Es gibt keins. Oder eher gesagt, von denen, die sie findet, trifft keines das, was sie sagen möchte.

«Die rein was ist? Nein. Du hast nicht mehr das Alter für ein «rein» irgendwas. Hör auf. Sofort.»

Das Alter der Gnade, meint er wohl.

Das Alter der Kindfrauen im Atelier des Malers aus seinem Roman, aus dem er ihr gestern abend am Telefon vorgelesen hat, und die den eben mannbaren Modellen auf den Gemälden des von ihm so geliebten Malers Balthus wie Schwestern ähneln.

Das Alter des fast schon jungen Mädchens mit dem Madonnengesicht, der anderen Tochter ihres Bruders, die ihnen aufmerksam zuhört.

Und dann? Ihn nicht mehr sehen? Ihn nicht mehr sprechen? Nie. Alles, aber nicht das. Und überhaupt, aufhören womit?

«Mit dem Massaker», antwortet ihr Bruder.

Als sie dieses Wort hört, ist es, als spräche er eine andere Sprache. Es ist ein Wort, das nicht paßt, das nicht zu ihrer Geschichte gehören kann.

Diese verstörenden Telefongespräche, die sie aufnimmt, sind seit drei Monaten die einzige Verbindung zu ihm. Sie aufzunehmen beeinflußt in keinster Weise das, was sie ihm sagt. Sie vergißt völlig den Recorder, so sehr ist sie von seinen Worten und seiner Stimme verhext. Auch wenn sie inzwischen aus den Augenwinkeln mit verfolgt, wie die Kassette durchläuft, weil sie sie anfangs manchmal umzudrehen vergaß. Beim Übergang von einer Seite auf die andere fehlten dann Wörter. Und zwischen ihnen ist nunmehr kein Wort nichtssagend.

Er ist der Beherrscher des Wortes.

Keines darf verlorengehen.

Ihre Spur auf den Bändern ist ihre einzige Gewißheit über die Realität ihrer Beziehung, weil sie, wenn er da ist, nichts von ihm hat. Nur gestohlene Momente seines Lebens, von dem sie nichts weiß. Nur Fragmente, die sich nie zusammenfügen, die sie emotionell erschöpfen, so daß sie manchmal denkt:

Hoffentlich fährt er bald nach Rom zurück, damit ich wieder am Telefon mit ihm reden kann!

In der Schublade ihres Sekretärs liegen aufgereiht die nach Datum geordneten, durchnumerierten Kassetten. Eine richtiggehende Sammlung, die sie manchmal bis spät in die Nacht abhört. «Manchmal» ist nicht das passende Wort. Sie hört sie ständig. Ständig und überall. Im Bus, in der U-Bahn und selbst bei Abendeinladungen, wo sie immer irgendwann anfängt, sich zu langweilen, weil keiner von ihm spricht. Sie steht auf, entschuldigt sich bei den Gästen, geht auf die Toilette, schließt sich ein und hört seine Stimme.

Sie schläft mit dem Recorder unter ihrem Kopfkissen, nimmt ihn mit, wenn sie außerhalb von Paris zu tun hat.

Sie lebt mit einem Recorder.

Mit seiner Stimme.

Aber da ist auch die Schmach.

Einigen ihrer männlichen Freunde, R. vor allem, mit dem sie arbeitet, dem am liebevoll unversöhnlichsten, dem Mann mit der «Tugend der Vortrefflichkeit», dem, der ihr bestimmt eine seiner Standpauken halten und ihr befehlen würde, mit dieser Geschichte Schluß zu machen, die, wie er sagen würde, zu nichts führt, gesteht sie nicht, daß sie noch nie miteinander geschlafen haben.

Wegen der Schmach.

Die Schmach für sie, nicht begehrt zu werden, dieser Schmerz in ihrem Frausein, um den die Männer nicht wissen.

Es zu sagen, und noch dazu einem Mann, heißt, seinen spöttischen Blick riskieren, sein Urteil oder, schlimmer noch, sein Mitleid.

Von dem Mann, den man liebt, nicht begehrt zu werden, ist unsagbar schrecklich, vielleicht genauso erschütternd wie eine Vergewaltigung.

Es sind zwei Arten, als Frau ruiniert zu werden, keinen Körper mehr zu haben, dem Tod vorgeworfen zu werden.

«Ich kann mit dem, was zwischen uns nicht ist, einfach nicht leben.»

Sie erträgt es nicht mehr. Sie sagt es ihm am Telefon.

Er wiederholt oft, daß sie es so gut verstehe, Klarheit in eine Sache zu bringen.

«Diese so persönlichen Dinge zu sagen, sie dir von so weit weg in den kalten Telefonhörer zu sagen, ist schrecklich. Warum, sag mir, warum nur gibst du dich nicht mehr preis?»

Schweigen. Er seufzt.

«Ich spüre eine Gefahr.»

Sie erinnert sich an eine Stelle in seinem Roman, wo der Held mit der glühenden Leidenschaft einer Frau konfrontiert wird und vor Angst ins Schwanken gerät, von dem, was er ihre Raserei nennt, wie gelähmt ist.

Zwischen uns wäre es zu stark, das erschreckt ihn.

Sie erahnt – und das ist zweifellos der geheime Schlüssel zu ihrer unrealisierbaren gegenseitigen Anziehungskraft –, daß er der Mann für solche Maßlosigkeit ist, für Liebe bis zum Bewußtseinsverlust, für vollkommene Verschmelzung.

Wie soll sie da ertragen können, daß er sich ihr vorenthält, ihr all das vorenthält, was Liebe – das fühlt sie – zwischen ihnen beiden sein könnte?

«Welche Gefahr?»

Und wieder lauert der Tod, viel zu nah bei der Liebe.

«Das ist unser Verhängnis, daran können wir nichts machen.»

Gefahr. Verhängnis.

Furchteinflößende Wörter, die sie treffen und durchdringen wie Dolchstöße. Eine unbestimmte, dumpfe Angst erfüllt sie. Wohl die Eurydikes.

An seiner Liebe mein Leben hängt, und die ist so zerbrechlich!

Es ist etwas Verbotenes an dieser Geschichte. Sie weiß weder wo noch weshalb.

Das Wort «Gefahr» ist ein Schlüssel. «Verhängnis» ein Schloß. Er ist beharrlich:

«Wir könnten uns verlieren, das, was zwischen uns stärker ist als alles andere und wozu es nichts weiter braucht, abtöten.»

Sie schluchzt.

Es ist das Unvollzogene an dieser Beziehung, das alles zerstört. Wieso nur merkt er das nicht?

Seine Weigerung, mit mir zu schlafen, das ist es, was mich tötet.

«Weine doch nicht.»

Er sagt, daß bei ihnen das Leid keinen Platz habe. Daß sie nicht leiden solle.

«Wenn es wirklich so weit gekommen ist, sollten wir vielleicht besser einen Rückzieher machen.»

Wenn ich gehe, wird er mich nicht zurückhalten.

«Ich kann nicht.»

«Das verstehe ich gut, aber man muß damit leben lernen. Wenn du keinen Rückzieher machen willst, leb damit. Auch ich erlebe das alles sehr komplex.»

Komplex! Aber ich, ich leide darunter!

Er seufzt erneut.

«Ich habe gemerkt, wie zerbrechlich du im Grunde bist. Ich beschütze dich.»

Er beschützt sie beide. Er vertraut seinem unfehlbaren Instinkt.

«Bei diesen Dingen irre ich mich nie.»

Aber welche Dinge denn? Wovon spricht er?

Sie begreift rein gar nichts.

Je undurchsichtiger seine Worte sind, desto häufiger sagt er «Das ist doch klar» oder «Das ist doch eindeutig».

Nie kommt er darauf, daß sie seine mitleidlosen, nie erklärten Worte nicht verstehen könnte, die sie zum Grübeln und zur Verzweiflung treiben, ohne daß sie sagen könnte: «Erklär mir doch», denn das hieße, ihre Zusammengehörigkeit in Frage zu stellen, ihr «unmittelbares» gegenseitiges Verstehen, ihre Gewißheit, eins mit ihm zu sein, die alles ist, was sie hat.

Deshalb also tut sie immer so, als verstehe sie alles. Sie gibt zur Antwort: «Meinst du», «Vielleicht», «Du weißt das sicher besser». Sie ist mit allem einverstanden, was er will, Hauptsache, er läßt sie nicht im Stich, läßt sie nicht in den Abgrund fallen.

Aber gibt es denn etwas Stärkeres als die Liebe? Wenn er nicht mit seinem Geschlecht in mich dringt, wenn er nicht in mich kommt, bin ich hoffnungslos von ihm getrennt.

Amputiert.

«Wirst du nie mit mir schlafen?»

Alles wird brutal, eisig.

«Das habe ich nicht gesagt.»

Sie erbebt, als sie ihn erneut seufzen hört. Einen Kummerseufzer. Doch ermißt er wirklich, wie gräßlich Hoffnung quälen kann?

Das hat er nicht gesagt.

Doch was hat er gesagt?

«Wenn es Frauen gibt, die ihm Angst einflößen, dann befürchtet er sicher, daß er ihn bei denen nicht hochkriegt. Hast du nie daran gedacht, daß er vielleicht ein Impotenzproblem hat?»

Nein, daran hat sie nie gedacht. Und das ist auch keine Beruhigung. Daß sie eine der Frauen sein könnte, die ihm angst machen, ist das Allerschlimmste.

Mehrere ihrer Freundinnen schlagen ihr diese Erklärung vor, die sie jedoch nur wenig überzeugt.

«Er war dreizehn Jahre verheiratet!»

«Na und? Die Ehe ist ein Unterschlupf für Männer, die Angst vor Frauen haben!»

Sie würde gern mit seiner Frau sprechen, die sie nicht kennt. Sie weiß so gut wie nichts über ihre Geschichte, doch sie hat oft gefunden, daß er ohne Nachsicht, ja mit einer gewissen Verachtung von ihr sprach.

Sie schläft nachts kaum noch, schreibt ihm klärende Briefe, die sie in einem Heft aufbewahrt. Doch der, den sie in dieser Nacht an ihn richtet, ist ein gewalttätiger Brief, ein Brief von Liebe und Krieg, ein Brief der Verzweiflung. Und den wird sie ihm schicken. Er ist eine Flaschenpost. Ein Hilfeschrei.

«Paß auf, daß ich es nicht satt bekomme, halte mich zurück, ich flehe dich an. Ich könnte nicht damit fertig werden, wie sehr du mir fehlst. Du bist verrückt, so weit weg zu bleiben. Halte mich davor zurück, mich dir für immer vorzuenthalten.»

Um drei Uhr nachts in der großen Schalterhalle der Post der rue du Louvre, ihren Brief in der Hand, fühlt sie sich von einem Schwindel erfaßt, wie am Rand einer Klippe, von der sie sich gut hinunterstürzen könnte. Sie steckt ihren Brief ein und setzt sich auf eine Bank.

Sie hat keine Lust, zurück nach Hause zu gehen. Keine Lust zu schlafen. Sie sagt sich, daß nur die Liebe, die Liebe und der Liebeskummer diese manchmal betrunkenen Männer und Frauen mit zerknitterten, verstörten oder fiebrigen Gesichtern, so, mitten in der Nacht, in diesen Tempel der Post der rue du Louvre treiben kann.

Ich bin schon im Vorhof zur Hölle.

Hier ist die letzte Schleuse vor der Einsamkeit, wenn der andere einen verlassen hat oder nie gekommen ist und man noch hofft, daß dieser letzte Brief ihn dazu bewegt, zurückzukommen oder endlich zu kommen!

Mach, daß Hermes Fürsprache für mich einlegt!

Sicherlich mag er diesen kleinen Götterboten mit den Flügeln an den Fersen.

Er wird ihn anhören, weil er ein Grieche und beinahe ein Engel ist.

Ein paar Tage später, am Telefon, ist er sehr kurz angebunden, sehr kalt. Jemand, den sie nicht kennt.

Er ist wütend über den Brief. Er hat ihm weh getan:

«Er war ein Schlag mitten ins Gesicht.»

Sie empfindet ihn zum erstenmal derart feindselig. Er erklärt nichts. Sie versteht seinen Zorn nicht. Er fühlt sich bedroht, genötigt.

«Bei dir ist alles Exzeß.»

Exzeß, noch so einer seiner Ausdrücke. Was für ein Exzeß? Was hat sie denn Exzessives geschrieben?

Er spricht nur von sich.

«Ich bin hpyersensibel, so etwas trifft mich voll in die Magengrube. Das weißt du doch.»

Und ich, ich muß alles wortlos einstecken. Ich bin natürlich unsensibel!

«Er hat dir weh getan, weil ich gelitten habe.»

Sie hat nur über ihr Leiden an dieser frustrierenden Beziehung geschrieben. Er kann das Wort «Frustration» nur schwer ertragen. Sie hört, wie er ungeduldig seufzt:

«Ich wußte nicht, wie unvermeidlich das war.»

Daß eine Frau, die einen Mann liebt, gern mit ihm schlafen möchte, das hat er sich nicht denken können? Welcher Mann weiß das nicht?

Was hat er denn gedacht? Daß sie sich dareinfindet?

«Ich leide, weil du mich nicht liebst.»

Worte, die töten. Die ihn verletzen.

«Ich versuche, offen zu sein, und das kehrt sich gegen mich.»

Das zu sagen sei entsetzlich brutal von ihr.

Das sagt er ihr.

Zum erstenmal verspürt sie dieses pathetische Gefühl der Unschuld, nur die Wahrheit über ihre Wünsche gesagt zu haben und das Recht darauf abgesprochen zu bekommen.

Von ihm ist es brutal, nicht mit mir zu schlafen.

Doch er beschuldigt sie, er wirft ihr vor, ihm weh zu tun:

«Du trittst das, was zwischen uns ist, mit Füßen. Wir sind bei zu furchtbaren Dingen gelandet. Das hat etwas von einer Tragödie.»

Und sofort fühlt sie sich schuldig!

Er braucht bloß «zwischen uns» zu sagen, und sie ist aufgewühlt, hat das Gefühl, sie habe ihn verraten, habe sie beide verraten, durch ihre Weigerung, sich dem zu beugen, was er ihr zum Besten ihrer Geschichte auferlegt.

Er hat recht, sie versteht nicht, ihn zu lieben. Der Henkersknecht ist sie. Nicht er.

So sagt sie dann «Vergiß», «Verzeih», «Schwör mir».

Er will es versuchen.

Sie glaubt ihm noch, hat jedoch weniger Vertrauen.

Sie hat Angst zu sagen, was man nicht sagt, Angst zu sein, wie man nicht sein soll. Angst vor einem Fauxpas.

Und wie absichtlich hat an diesem Abend der Recorder gestreikt und dieses Gespräch nicht aufgenommen.

Sie sagt sich, daß das ein schlechtes Vorzeichen ist.

Es ist ein paar Tage vor Weihnachten. Er hätte ihr schreiben sollen. Am Telefon sagt er, daß er nicht kann, daß er alle Briefe wegschmeißt. Er ist mürrisch, nervös.

Er entfernt sich. Sie spürt das durchaus.

Ihre Gespräche bekommen Untergangsstimmung.

Ein Buch, das sie ihm geschickt hat, der *Briefwechsel* zwischen Rilke und Lou Salomé, hat ihn in höchstem Maße erschüttert, was sie nicht mehr begreift, als sie seine Reaktion auf ihren Brief verstanden hat. Sie hat darin diesen Satz des Dichters an die Frau, die er sein Leben lang geliebt hat, unterstrichen: «Diese Nacht, in der du mich nach der Zukunft gefragt hast und die ich ganz in der Sorge verbrachte, dir nicht antworten zu können, habe ich gegen Morgen begriffen, daß du die immer Neue, die immer Junge und das ewige Ziel bist und daß es für mich eine Erfüllung gibt, die alle anderen umschließt: auf dich zuzugehen.»

Dieses Buch sollte, gemeinsam mit dem beigelegten Brief, als Erkennungszeichen dienen, um ihm zu bedeuten:

«Wie die beiden werden auch wir uns nie verlieren. Auch unsere Geschichte wird all das überstehen, was das Leben jedem von uns bringt, bis in den Tod.»

Sie weiß nicht, was er nicht ertragen konnte. Einmal mehr begreift sie nichts. Es ist, als weise er alles ab, was von ihr kommt. Selbst die Vertrautheit des gemeinsamen Wortes. Als sei sie zu einer Gefährdung seines Mysteriums geworden.

Aber wenn doch die Worte, die ich an ihn richte, wertlos für ihn sind, dann hat nichts von dem, was ich empfinde, Wert.

«Zu jemandem, der einen nicht liebt, von Liebe zu sprechen ist pathetisch . . . Ich sage dir so viele Worte, und du tust einfach so, als wäre das gar nichts. Macht es dir gar nichts aus, daß ich dich liebe?»

Er antwortet ihr mit dunklen Worten, doch nie nimmt er ihr die Hoffnung. Nie sagt er, daß Schluß sein muß.

Mit beinahe verliebter Sanftheit sagt er, ohne es zu sagen, wie es schmerzt, sie nicht so lieben zu können, wie sie ihn liebt.

«Wie es schmerzt! Hast du eine Ahnung! Das sind die Gewissensbisse eines Don Juan», sagt L.P., der bald nicht mehr mit ansehen kann, daß sie nicht einmal versucht, sich seinem Bann zu entziehen.

Er fährt mit seinen Kindern zum Skilaufen in die Alpen. Er kommt über Paris, weiß aber noch nicht, wann und wie lange. Sie sagt ihm, daß sie für ein paar Tage zum Arbeiten in die Schweiz, nach Montreux, fährt. Im Zug hört sie noch einmal das Gespräch von der «Gefahr» ab und denkt an das nach dem Brief, den er «wie einen Schlag mitten ins Gesicht» empfunden hat, das, das nicht aufgenommen wurde. Sie leidet unter seinen Worten «Verhängnis» und «brutal». Worte, die ihnen nicht ähneln. Doch alles ist in der letzten Zeit so obskur!

Was ist aus ihrer Zusammengehörigkeit geworden?

Was aus der glühenden, zarten Bindung von vorher?

Doch von vor was? Von vor dem Verlangen?

Ja. Von vor dem Verlangen nach einer normalen Liebe zwischen Mann und Frau.

Ein junger, ihr gegenübersitzender Soldat lächelt sie an. Er hat wahrscheinlich Urlaub und fährt über die Feiertage heim zu seiner Familie. Er sitzt mit gespreizten Knien und ißt ein Wurstbrot.

Er glaubt sicher, ihr Kassettengerät sei ein Walkman, weil er mit seinem Fuß im Takt zu der Musik wippt, die sie, wie er denkt, hört, und sie dabei nachdrücklich mustert.

Sie ist froh über die derbe, so reale Präsenz des jungen Mannes. Über seine etwas groben Züge, seine massigen Hände.

Doch sie wendet den Kopf ab, weil er sie von ihrer verliebten Träumerei ablenkt.

Durch die Fensterscheibe blickt sie auf den Genfer See, seine Worte in den Ohren. Seine zerstörerischen Worte.

Die kleinen, geraniengeschmückten Häuser, die wie von einem Monopolyspieler an die zum nebelüberzogenen See abfallenden Hügel geheftet sind, wirken wie die Kulissen eines unerträglich romantischen Märchens, das ihren Ekel erregt.

Und eine diffuse, dumpfe Vorahnung.

Die der Nachricht, die sie am selben Abend erhält, als sie ihren Beantworter abhört.

«Hallo . . . Ich konnte dich gestern nicht anrufen, weil ich sehr, sehr spät nach Hause gekommen bin, und apropos . . . ich komme seit zwei Wochen jeden Abend sehr spät nach Hause . . . Ich bin mir sicher, es ist die Aussicht auf diese Rückkehr nach Paris, die mir so angst macht, weil, da ist, was uns betrifft, ganz klar so etwas von . . . ich weiß auch nicht . . . von einer zu großen Nähe, als daß zwischen uns wirklich etwas sein könnte . . . zuviel Ähnlichkeit . . . Ich glaube, wir müssen darüber mal reden . . . weil, das ist für mich wirklich sehr schwer, das liegt mir im Magen, und damit kann ich wirklich nur schwer umgehen. Das war's, ich umarme dich. Wir telefonieren dann bald wieder mal.»

In dieser Nacht hing ihr Leben an einem Faden, der Telefonschnur, gewissermaßen.

L.P. hat sie davon abgehalten, sich in den Genfer See zu werfen.

Die Hand des Mannes gleitet ihren nackten Rücken hinab zu ihrer Taille, die er umschließt.

Ihre Freundin A. wirft ihr wissende Blicke zu. A., die ebenfalls komplizierte Beziehungen durchmacht und nicht genau weiß, wie sie sich da wieder herausmanövrieren soll, wendet alle nur erdenklichen Kunstgriffe an, um sie zu zwingen, sich aufzurappeln.

«Du bist weder Witwe noch Heilige. Du mußt unter Leute.»

Sie mußte sich Gewalt antun, ist aber letztendlich doch mit A. zu der Einladung gegangen.

«Ich gehe dort nur dir zuliebe hin. Damit du jemanden kennenlernen kannst. Du. Nicht ich. Ich will nicht.»

Es ist spät. Sie hat ein bißchen getrunken. Der Mann ist groß, dunkelhaarig, nicht ihr Typ, aber nicht schlecht. Er preßt sich an sie, und sie spürt an ihrer Hüfte, wie sein Glied steif wird. Sein Atem an ihrem Hals ist warm und riecht nach Alkohol. Sein Mund wagt sich bis unter ihr Ohrläppchen vor, er sieht sie fragend an.

Ihr ist es schnurz. Sie zeigt keine Zustimmung, auch keine Ablehnung. Sie läßt alles mit sich geschehen, ohne jedes Gefühl.

Als der Tanz zu Ende ist, schlägt er vor, sie nach Hause zu begleiten.

Seit über einem Monat hat sie Rom nicht angerufen!

Seit der Reise in die Schweiz, seit der Nachricht, lebt sie quasi in Klausur, sieht so gut wie niemanden.

Er ist Weihnachten über Paris gekommen, doch sie haben sich nicht gesehen. Sie hat mit dem Schweigen gekämpft, hat sich in diesen Schmerz geschickt. Sie hat von ihm einen

Brief erhalten, in dem er sie anfleht, zu der Reinheit ihres geschwisterlichen Einvernehmens zurückzufinden.

Wenn man sich nur nicht für sie interessiert, spielen Männer verrückt. Passivität, die macht sie an.

Sie weiß nicht, was sie eigentlich in diesem Auto, neben diesem Mann soll, diesem Jäger, der nicht *er* ist, der mit ihr tut, was sie sich so sehr von *ihm* erhofft hatte, von ihm, dem Raubtier!

An jeder roten Ampel läßt er seine Hand unter ihren Rock gleiten, streichelt er die Haut zwischen Strümpfen und Slip. Sie sieht ihn nicht an, raucht eine Zigarette. Sie ist in einem Film, zu dem nur noch der Filzhut, der Trenchcoat und der Regen fehlen.

Der Mann ist mit zu ihr in die Wohnung gekommen. Sie hatte eigentlich keine Lust, jedoch auch nicht die Kraft, ihn abzuweisen, zu erklären.

Sie haben keine zwei Worte gewechselt. Er hat sich ausgezogen. Sie nicht. Er hat nur seine Unterhose anbehalten.

Sie hat den Kopf weggedreht, als er ihr die Zunge in den Mund stecken wollte. Der Mann hat sie rücklings aufs Bett geworfen, ihre Brüste, ihren Hintern geknetet. Sie hat ein Präservativ aus der Schublade geholt und es ihn überstreifen lassen. Sie hat kaum Zeit gehabt, sein aufgerichtetes Glied zu sehen, da hat er schon ihre Schenkel auseinandergedrückt, ist in sie gedrungen und hat sie lieblos geliebt. Sie hat keinerlei Lust empfunden und die Art, wie es ihm gekommen ist, nicht gemocht. Es ist, als sei sie nicht dabeigewesen. Jetzt will sie, daß er geht. Hauptsache, er verbringt nicht die Nacht hier. Nichts von all dem hätte geschehen dürfen. Im übrigen ist nichts geschehen.

Doch er trödelt herum, raucht eine Zigarette, geht ins Badezimmer, nackt. Sie setzt sich im Bett auf.

Der Bademantel! Er darf den Bademantel nicht überziehen!

Sie sucht Hemd und Hose zusammen, geht zu ihm. Er wollte gerade duschen und hatte den Wasserhahn der Badewanne schon geöffnet, den sie nun eilig wieder zudreht.

«Hier, deine Sachen. Mir ist es lieber, du gehst jetzt sofort. Ich muß allein sein.»

Sie hat sich auf den Bademantel geworfen, dessen Parfum ein wenig verflogen ist, und hat sich darin eingewickelt.

Der Mann ist gegangen, ohne zu begreifen, warum sie weinte.

«Du. Du bist die einzige, die ihn ein bißchen kennt. Sag mir, daß das nicht möglich ist. Daß er mir das nicht antun kann.»

Nicht mir. Nicht er.

Sie geht mit seiner Schwester im Wald von Fontainebleau spazieren. O. ist die einzige, die sie sehen möchte.

Sie treffen sich häufig, und sie hat ihr alles erzählt. O. ist nicht verwundert.

Als sie klein waren, betete sie ihn an. Jedoch mit der unsicheren Liebe des kleinen Mädchens, das immer gespürt hat, daß ihre Mutter ihn viel mehr vergötterte als sie, daß er der Kindkönig der Familie war, dem sie zu huldigen hatte.

«Ich weiß noch, wenn er in den Sommerferien kam, sagte meine Mutter: ‹Er kommt, er kommt . . .› Und ich mußte zwei Kilometer zu Fuß gehen, um frisches Brot zu holen!»

Die Frauen seiner Kindheit waren ihm derartig ergeben! Wie sollte er da nicht immer noch diese Haltung dessen haben, dem alles zusteht, dem die Liebe, die die Frauen ihm entgegenbringen, als eine Selbstverständlichkeit erscheint, für den die Dinge so ihre Ordnung haben?

«Er weiß wahrscheinlich gar nicht, wie sehr er mich früher beeindruckte, wie sehr ich mich oft von ihm erdrückt fühlte. Ich habe mich nie getraut, es ihm zu sagen – wozu auch –, und er wäre in jedem Fall davon überzeugt gewesen, daß er nichts dafür konnte und daß ich total spinne. Er schenkt anderen so wenig Beachtung, daß er nicht einmal merkt, daß er sie häufig verletzt, einfach, indem er ihre Verwirrung nicht wahrnimmt! Ich habe so unter seiner Kälte und seinem Egoismus gelitten! Er ist immer schon so gewesen.»

Ich habe immer geglaubt, daß er das genaue Gegenteil dessen ist, was sie beschreibt.

Doch O. bleibt dabei:

«Noch heute, wenn ich mich über bestimmte seiner Verhaltensweisen beklage, fällt er aus allen Wolken und versteht überhaupt nicht, wovon ich spreche. Man soll ihn bedingungslos lieben, ihn bewundern, doch nichts verlangen. Die geringste Bitte ist noch übertrieben! Und wenn du dann gar um Liebe bittest – na ja, du kannst es dir ja vorstellen! Das treibt ihn in die Flucht.»

Daß O. von *ihm* spricht, kann sie einfach nicht glauben, kann aber auch deren Gefühle nicht anzweifeln.

«Er hat sich all die Jahre so wenig Gedanken um mich gemacht. Ganz so, als gäbe es mich gar nicht! Erst seit ihr beide euch wiedergesehen habt, habe ich ihn ein wenig zurück. Seit ihr miteinander redet, spricht er auch mit mir.»

Sie verspürt große Zuneigung zu O.

Beide leiden sie darunter, von ihm verlassen zu sein.

Zu diesem Zeitpunkt haben sie sich verloren, hören nichts voneinander. Ihr ganzes Leben ist jetzt wie die Liebe, die er nicht für sie fühlt.

Verwüstet.

Heute begleitet sie R. zum Flughafen nach Roissy. Er fliegt für sechs Monate nach Vietnam, um den Film zu drehen, an dem sie gemeinsam mit L. und E. ein Jahr lang geschrieben haben, das vergangene Jahr, als sie noch nicht verliebt war, als sie alle vier sich unter den Bäumen des Hauses von Dancourt vor Lachen ausschütteten, dieses Jahr voll Schreiben und Freundschaft, das dem Sommer ihres Wiedersehens mit ihm vorausgegangen war.

Bevor diese Liebe mein Leben kaputtgemacht hat.

Sie ist traurig und verspürt mehr denn je die Melancholie der Flughäfen.

«Dort trennt man sich, dort verabschiedet man sich von Menschen, die einem lieb sind. Im Film gefällt einem ja so ein bißchen Schnulze, aber im wirklichen Leben hasse ich das.»

Wie immer beherrscht R. die Kunst, die ihm eigen ist und die seine Stärke ausmacht, und dreht die Dinge einfach um.

«Man kann sich dort auch wiedersehen oder Begegnungen haben. Die Welt ist voller Männer. Hör auf, dich mit diesem Lehrerlein zugrunde zu richten.»

R. weigert sich, ihrem Gejammer länger zuzuhören. Das geht einfach schon zu lange so. Er kann mitleidiges Getue nicht ausstehen. Dafür liebt sie ihn. Auch wenn es vorkommt, daß sie wegen dieser Strenge verärgert über ihn ist, wegen dieser Art, kurzen Prozeß zu machen, die sie bei der Arbeit so bewundert, doch die ihr manchmal übertrieben hart vorkommt, wenn es um so heikle Dinge wie Liebe oder Freundschaft geht.

Sosehr sie sich auch bemüht, in diesem wichtigen Augenblick von R.s Abreise fröhlich zu wirken, sie lauert nur auf das Klappern der Anzeigetafeln für die internationalen Flüge, in Erwartung des Augenblicks – wozu eigentlich –, wo dort ein Abflug nach Rom angezeigt wird.

Wie kann sie noch diesen vergeblichen Wunsch nach einer Reise dorthin hegen, die zu nichts führen würde, weil der Mann, den sie liebt, sie nicht will?

Sie umarmt R. zum Abschied. Sie möchte am liebsten weinen, als sie ihn fortgehen sieht.

Als er durch die Sperre zu seinem Flugsteig geht und sich umdreht, um ihr zum Abschied zuzuwinken, fühlt sie sich verwaist.

Sie erträgt diese Trennungen nicht mehr.

Der Kampf darum, nicht in Rom anzurufen, ist erschöpfend.

Sie hebt fünfzehnmal am Tag den Hörer ab, wählt die Nummer, läßt es klingeln und legt wieder auf, damit er merkt, daß sie es ist! Damit er sie zurückruft.

Manchmal wartet sie, bis er abnimmt, nur um seine Stimme zu hören, und legt dann sofort auf, bis sie eines Tages, als die Verzweiflung darüber, daß sie ihre Tage damit zubringt, dem Wunsch zu widerstehen, ihn zu sprechen – um was eigentlich zu sagen? –, zu groß wird, auf den Rat von L.P. beschließt, ihren Zugang zur internationalen Vorwahl sperren zu lassen.

Auf der Post nimmt der Beamte ihren Antrag entgegen, ohne nach dem Grund zu fragen.

Sie hat die Nabelschnur durchschnitten. Sie ist wie ein Neugeborenes, das unter Sauerstoffmangel leidet.

Als sie herauskommt, fühlt sie, die nie einen Tropfen Alkohol trinkt, sich derartig schlecht, daß sie in ein Café geht, einen Whisky bestellt und ihn in einem Zug hinunterkippt.

Zurück zu Hause, stürzt sie ans Telefon, versucht, in einer letzten Geste, einer magischen, das Schicksal beschwörenden Geste – *sie werden die Leitung schon nicht gesperrt haben* – im Ausland anzurufen.

Das Ausland antwortet nicht mehr.

Eines Morgens beim Aufwachen – das Schrecklichste ist das Aufwachen nach dem vorübergehenden Vergessen der Nacht: «Was stimmt nicht? Ach ja, er liebt mich nicht!» – kippt sie ihre Tasse Kaffee über den Bademantel. Der große braune Fleck treibt sie zur Verzweiflung. Sie versucht, ihn mit einem Schwamm zu entfernen, doch verreibt sie ihn dadurch nur und durchnäßt den Bademantel.

Der heißgeliebte Bademantel ist besudelt, hinüber, vernichtet.

Wie sie.

Sie weint und drückt dabei den armen Bademantel an sich.

Eines Tages werde ich ihn zur Reinigung bringen, doch er wird sowieso nie wieder sein wie vorher.

Genausowenig wie sie.

Ihre Freunde und sogar ihr Sohn – dem sie nichts erzählt hat, der jedoch manchmal in ihrer Gegenwart vor sich hin singt «Liebeskummer lohnt sich nicht, my darling . . .» – machen sie darauf aufmerksam, daß sie zunehmend ungeschickt ist. Es stimmt, sie kippt alles um, macht alles kaputt. Alles, was sie in die Hand nimmt, entfällt ihr und zerbricht.

Sie kann nichts mehr halten, weil er sie losgelassen hat.

Sie brennt, schneidet, stößt sich. Ihr Körper, den er nicht gewollt hat, gehorcht ihr nicht mehr.

Sie sieht das Telefon an, als sei es ein verhextes Etwas, doch wenn es klingelt, ist immer irgend jemand anders dran. Die Melancholie in ihr wächst von Tag zu Tag. Diese von ihm herrührende Melancholie eines untröstlichen Kindes, die hat sie vorher noch nie gekannt.

Die Gegenwart ist für sie nicht mehr lebenswert. Weder die Sachzwänge des Alltags noch die Anwesenheit ihrer Freunde noch die Verpflichtungen ihres Berufes. Sie ist nicht da. Alles, was nicht der Gedanke an ihn ist, langweilt oder verstimmt sie.

Ohne dieses Erbeben, diese köstlich süße Erwartung – nimmt er meine Hand oder nicht? –, ohne diese, wenn auch seltenen Berührungen, dieses Erschauern, diese unbedeutenden Gesten, was bliebe da noch?

Nichts. Nur das Sehnen nach etwas, das hätte sein können und nicht war.

Sie schließt sich zu Hause ein, zieht die Gardinen vor und flüchtet sich unter ihre Zudecke, wo sie noch einmal die Kassetten abhört. Sie wollte, sie wäre ein Baby. Damit man sie füttern, wiegen, streicheln käme.

Allein M.J. kann ihr eine liebevolle, fürsorgliche Mutter sein, ihren durch Liebesentzug geräderten Körper und ihre Sinne besänftigen.

M.J. ist Masseurin.

Ihre kräftigen Hände kneten ihren Körper, walken und zwicken vom Nacken bis in die Lendengegend dieses Fleisch, das er nie berührt hat. Sie braucht es, daß jemand sie betatscht, sie wringt, um ihre Muskeln vibrieren und ihr Blut pulsieren zu spüren.

Um sich lebendig zu fühlen.

M.J. kommt abends zu ihr, erzählt naiv von Spiritualität, baut ihren beheizbaren Tisch auf, stellt ihre Ölfläschchen in Reih und Glied hin, zündet ihre Moxa-Stäbchen an, deren glühendes Ende sie geschickt handhabt, weder zu nah noch zu weit entfernt von den «chinesischen» Punkten auf der Haut, dem «schreienden Fuß» an der Ferse und dem anderen an der linken Schulterblattecke, der ihr so weh tut, kaum daß sie ihn berührt.

«Der da, das ist der Punkt der Vergangenheit, der Punkt aller verborgenen Schmerzen!»

Nachts träumt sie von einem alten Bademantel ihrer Kindheit, gelb und grau gestreift. Ein richtiger löchriger Lumpen, den ihre Mutter nicht wegwarf.

Und auch von Geschundenen, von siamesischen Zwillingsbabies und von ihrem Vater, Chirurg und Geburtshelfer, der vor drei Jahren verstorben ist.

Sie wacht schweißgebadet auf und weiß nicht, was sie mit dieser Zeit in der Nacht anfangen soll, die sich für überflüssige Grübeleien förmlich anbietet.

Soll sie sich dieser Liebe entreißen, um ihn nicht zu verlieren?

Sich der Liebe zu ihm entreißen, die nicht sosehr zählt wie er?

Doch wie? Ihre Energie verwendet sie seit Monaten darauf, diese Liebe am Leben zu erhalten. Vergeblich. Ihre Batterien sind verbraucht.

Selbst wenn sie es wollte, hätte sie nicht die Kraft, die Partie aufzugeben.

Und will sie es denn?

«Vergiß es, denk mal an etwas anderes.»

Sie hört die Worte ihrer Freunde, die es allmählich leid sind, sie jammern zu hören.

«Ich weiß . . . ich weiß, ihr habt recht.»

Doch er hat zu viele Worte in sie gepflanzt. Kein anderes paßt mehr hinein. Und was sie gerade nicht will, ist vergessen.

Ihn zu vergessen geht sowieso nicht.

Ihr Bruder kann ihr noch so oft – und diesmal heftiger – versichern, daß ein Kürbis eben nur ein Kürbis ist, sie tut nur so, als stimme sie ihm zu, bleibt jedoch bei ihrer fixen Idee:

Diese Liebe kann nie ganz versiegen.

Sie weiß wohl, daß ihre Geschichte . . . sie sagt nicht unmöglich, aber doch kompliziert ist, das weiß sie . . . aber trotzdem.

In Wahrheit wartet sie weiter auf ihn, als ob das Warten ihn herbeizaubern könnte.

Ohne das Warten auf ihn, was bleibt da noch?

Gewalt, Aufbegehren. Sie kann das Wort Verhängnis, das er gebraucht hat, nicht ausstehen. Es hat einen toddüsteren Schatten über ihre Geschichte geworfen. Er hat zuviel mit Griechen und Deutschen zu tun gehabt!

Sie ist ihm deswegen böse oder versucht es zumindest. Doch es will ihr nicht gelingen. Ihre Wutanfälle sind nicht von Dauer.

Und wenn ihr nur eine einzige Gewißheit bliebe, eine absolute Gewißheit, dann diese: so sehr hat sie sich nicht irren können.

Er kann nicht nicht so sein, wie sie es immer gewußt hat.

Und hinterhältig macht sich in ihr der Gedanke breit:

Nichts ist aus . . . Zwischen uns kann es nicht aus sein.

Der von vorher, wo ist er?

Bevor sie diese besitzergreifende Frau war, die nur sein Geschlecht im Sinn hat.

Das ist das Schlimmste, der unerträgliche Schmerz.

Daß er das denkt.

Und so läßt sie sich nach zwei Monaten wieder an die internationale Vorwahl anschließen.

Sie ruft ihn zu Hilfe.

Sie setzt auf die Zusammengehörigkeit, auf ihre alte Bindung.

Heile mich von den Schmerzen, die du mir zufügst, indem du mich nicht liebst.

Vielleicht bringt die Freundschaft den Trost, den die Liebe nicht bietet?

Die Gespräche setzen wieder ein.

Er ruft mindestens genauso häufig an wie sie, entzieht sich ihren Anrufen nie. Sie steht in dieser Geschichte nicht allein da, und selbst wenn er nicht mit ihr schlafen will, was, wie sie es verstanden hat, absolut «tödlich» wäre und alles abtöten würde, was zwischen ihnen «ewig» ist – sei's drum. Sie verzichtet lieber darauf, als nicht länger mehr in der Geborgenheit seiner Stimme zu sein. Sie spricht von Entsagung, von Opfer. Er ist gerührt, schreibt:

«Die Entfernung war eine notwendige Zeit; sie war Leiden, wie das ignorieren? Doch ebenfalls Schutz und Nähe. Wir wissen instinktiv, was ein verfehltes Leben ist, verloren, weil ohne Gnade, das ungebührliche Leben . . .»

Er hat das Gefühl, sie in dieser Art von Zuneigung viel besser begleiten zu können, die ihnen endlich wieder ähnlich sieht. Sie hatte sich verlaufen, und er hat ihr folgen wollen, eben, weil sie es war. Sie hätten sich beinahe verloren.

Und sowieso, was ist schon die körperliche Liebe!

«Was dem Körper angehört, stirbt viel schneller als der Rest.»

Also entscheidet sie sich für den Rest.

Doch da hat sie nicht mit der Eifersucht gerechnet.

Von Tag zu Tag und von Nacht zu Nacht stechender, auf alle unbekannten Frauen in seinem Umfeld.

Mit diesem Horror hat sie nicht gerechnet.

Und wenn er ein Verführer wäre?

Ein Don Juan, wie L. P. sagt, der es versteht, von allen Frauen begehrt zu werden, der die Illusion vermittelt, sich von allen verführen zu lassen, ständig einen einzigartigen Genuß zu versprechen scheint und Leidenschaften erregt, doch sich nur denen hingibt, die er sich als Beute ausgewählt hat?

Warum zählt sie nicht zu den «Erwählten»?

Versprechen, ohne zu geben, das muß eines seiner Geheimnisse sein.

Das andere ist, nie etwas von seinem Liebesleben enthüllt zu haben.

Sie sagt sich, daß er einer dieser Männer ist, die unschlagbar sind, wenn es darum geht, die Eifersucht der Frauen zu wecken, die es genießen, mit dem verheerenden Feuer zu spielen, das sie schüren und über das sie sich beschweren!

Und so erfindet sie diese Frauen, ihre Rivalinnen, kategorisiert sie.

Sie erstellt eine Liste seiner Jagdbeute!

Die Beutefrauen, die ihn anziehen und mit denen er nicht viel Federlesens macht, die, die ihn aus der Fassung bringen, doch vor denen er sich hütet, kurz, die hinterhältigen Flittchen – weil alle Frauen, denen er mehr oder weniger seine Gunst schenkt, für sie in ihrem Eifersuchtswahn Flittchen sind – und diejenigen, die sich ihm vergeblich anbieten, die Opfer.

«Die jungen Mädchen» stehen ganz oben auf der Liste.

Göttliche Trostspenderinnen, unbeschwert, mit unwiderstehlichen Ärschen sind sie und schmecken süß nach Kindheit. Keusch oder nicht, distanziert oder nicht, scheu oder nicht, in jedem Fall schenken sie ihm Gnade und versetzen ihm manchmal auch den Gnadenstoß!

Dann die «Prinzessinnen mit der geschundenen Seele».

Diese ältlichen jungen Mädchen, ein wenig androgyn, nie erwachsen geworden, sind ernst, zerbrechlich und zeigen fürchterliches Geschick, ihn zu umgarnen.

Er ist ihr hilfreicher Prinz, der Rettungshund ihrer gebrochenen Seelen. Sie saugen ihn aus bis aufs Mark, bis auf seine Wesenssubstanz. Sie sind sanfte Vampire, die ihn, wenn er dann blutleer ist, verwöhnen.

Weiter unten auf der Liste folgen «die Barbarinnen».

Die Sinnlichen mit flammendem, allzu üppigen Fleisch. Die, die ihm Angst einjagen. Man kann sie, nur um des Kitzels willen, zwar flüchtig berühren, doch nie besitzen, sonst wird man «verschlungen». Sie sind diejenigen, die ihn verbrennen und mit Haut und Haar verspeisen wollen, glaubt er.

Dabei sind sie längst nicht so gefährlich wie seine lieblichen «Prinzessinnen»!

Ein Irrtum wäre es, «die Mütterlichen» zu vergessen. Die, die er trotz ihrer Jugend geheiratet hat, wird zu diesen gezählt haben. Naive, allzu fügsame Dienerinnen, mit schönen, vollen, etwas schwergliedrigen Körpern sind sie, mit den kräftigen Schenkeln einer Bäuerin, die, zu seinem Leidwesen, von den Illusionen des modernen Lebens verdorben sind.

Sie stellen die Ehefrauen, geben ihm Wurzeln, schenken Kinder, gewährleisten die Nachkommenschaft. Sie sind es, die, wie er sagt, festhalten, einmauern und ihn vor sich selbst ekeln machen.

Auf der Liste stehen, natürlich, auch «die Vergeistigten».

Sie haben einen unsicheren Gang und keine Ausstrahlung, diese Intellektuellen mit dem bleichen, übergangenen Fleisch. Eine blaue Ader pulsiert unter ihrer durchsichtigen Schläfe. Er findet sie anrührend und ein wenig abstoßend.

Sie versuchen, zu brillieren und virtuos zu sein, um ihn zu verführen, doch er unterhält sich mit ihnen, als seien sie reiner Geist, und ignoriert sie als Frauen. Sie verzehren sich wie eine versiegende Quelle.

Sie weiß es genau, die, die ihn am meisten verwirren und denen er instinktiv mißtraut, das sind «die Fatalen».

Launenhaft und unbezähmbar sind sie, verzaubern selber, statt seinem Charme zu erliegen. Sie greifen die Festung nie offen an, sondern brechen dort ein. Er kann sich in sie verlieben. Sie sind von seinem Schrot und Korn. Seine Doppelgänger im Spiegel, die, die seine Allmacht gefährden.

Anschließend kommen seine «groupies», die seiner Leuchtspur folgen: «die Vestalinnen».

Großherzig, immer verfügbar sind sie und lieben ihn zu sehr, verlangen nichts dafür, beten ihn stillschweigend, ohne Hoffnung an. Für sie ist allein seine Gegenwart schon ein Wunder, ein unschätzbares Geschenk. Ihnen reicht ein Blick von ihm, ein Wort, eine Minute seiner Aufmerksamkeit. Sie sind Beständigkeit und Brüderlichkeit. Sie werden immer dasein, was auch geschieht.

Und schließlich die, denen sie sich nahe fühlt: «die Vertraut-Fremden».

Sie sind brutal wie verletzte Kinder und vermitteln ihm zweifellos zu häufig ein Gefühl der Unzulänglichkeit, sosehr sind sie in die absolute Nähe des Neugeborenen an der Mutterbrust verliebt!

Sie sind insgeheim dem Geheimnis der verlorenen Liebe auf der Spur.

Sie verspüren Geburtsschmerz und Lebenswut.

Sie wissen, daß es bei ihm von äußerster Sanftheit zur Gewalt nur ein kleiner Sprung ist, der oft ins Leere führt, doch gerade dieses Schwindelgefühl lieben sie.

Am Ende fügt sie melancholisch hinzu:

Das sind die, die sich oft selbst zum Verhängnis werden!

Ich hasse sie, alle diese Weiber um ihn herum!

Eifersüchtiger Haß ist ungerecht. Das weiß sie auch. Diese Frauen haben den Fehler begangen, sich in seiner Gegenwart, seiner Aufmerksamkeit, seiner Zuneigung zu befinden. Mehr nicht. Doch das ist zuviel.

Sie haben all das – stellt sie sich vor –, was ihr entgeht.

Diese Inventarisierung seines «Harems» löst in ihr mörderische Wut und ununterdrückbare Weinkrämpfe aus.

Daß er mit einigen ins Bett geht – und warum nicht mit allen? In solchen Fällen natürlich mit allen –, nur nicht mit ihr, empört sie. Sie kann nicht anders, sie sagt es ihm. Immer noch per Telefon. Auf die Entfernung. Diese Entfernung, die ihren Wahn noch anheizt.

«Wenn du mir doch irgend etwas geben würdest! Das gleiche wie ihnen, dann wäre ich weniger eifersüchtig. Doch mir gibst du nichts. Nichts.»

Das Wort «nichts» macht ihn wütend. Er protestiert, ärgert sich darüber, daß sie das, was zwischen ihnen ist, «nichts» nennt. Er habe, so sagt er, sehr starke Freundschaftsbeziehungen zu Frauen, die mit Liebesbeziehungen durchaus mithalten können.

Wenn man ihn hört, könnte man meinen, er habe mehr als eine solcher Beziehungen wie die zu mir.

Nicht einmal dieses Vorrecht genießt sie.

Einige Frauen, die nicht seine Geliebten gewesen sind, beschweren sich nie wie sie und sind sehr glücklich über die intensive, intime Freundschaft, die er ihnen anbietet.

Als ob alle Frauen mit ihm schlafen wollten. Aber es muß doch welche geben, denen er ganz einfach nicht gefällt.

Er sagt, sie sei unverbesserlich. Sie verlange immer noch mehr.

Das, was er bietet, ist selbstverständlich unvergleichlich und somit zwangsläufig ausreichend!

Er tut so, als verstünde er nicht, als wüßte er nicht, daß dieses «Nichts» sein Geschlecht ist, welches er ihr nicht anbietet, und daß diese Frauen wohl akzeptieren mögen, darauf zu verzichten und ihm zufolge auch sehr gut darauf verzichten können – wahrscheinlich haben sie es nie gewagt, sich zu beschweren –, *sie* jedoch nicht.

Man will natürlich noch mehr, wenn man sich mit so wenig zufriedengeben muß, um nicht zu sagen mit nichts.

Wie soll sie nicht gierig, unersättlich, eifersüchtig sein – was er verabscheut – auf die Zeit, die er anderweitig verschenkt, auf alles, was er anderweitig gibt?

Wenn ich ihn so sehr halten möchte, dann, weil er mich nicht hält.

Und wenn er sie nicht hält, schwindelt ihr. Und er hat das Gefühl, sie zerfetze ihn.

Aus Berlin, wo er an einem Kolloquium teilnimmt, erhält sie einen in seiner Härte «germanischen» Brief. Er schreibt ihr, «aus dem Bauch heraus», diese Zeilen: «Ich will keine Bindung verliebter Abhängigkeit. Ich fühle mich nur wohl in der Freiheit des Unvorhersehbaren und in der Offenheit für Unwahrscheinliches. Alles andere ist momentan Entfremdung und Behinderung.»

Ihre Eifersucht macht ihn krank.

Und mit ihr ist das noch schlimmer als bei anderen.

Was sie dagegen krank macht, ist seine Intoleranz gegenüber noch dem kleinsten ihrer «Übergriffe» auf sein Leben, wie er sagt; das ist seine Art, etwas von ihr zu wollen, aber was?

Jetzt machen sie sich also schon gegenseitig krank!

«Was ist denn das bloß für eine Geschichte, wo ihr redet wie Liebhaber, die so wirkt wie jede andere Liebesgeschichte auch, aber wo das Wesentliche fehlt, nämlich Sex?»

L.P. versucht, sie weiterhin davon abzubringen, diese Beziehung aufrechtzuerhalten, versteht aber allmählich nichts mehr.

Sie auch nicht.

Vor allem, weil er nach wie vor bei ihr hereinschaut, wenn er nach Paris kommt.

Eines Abends wieder einmal, spät, einfach so, ohne sich anzumelden, «erscheint er». Sie bemerkt auf seinem Arm einen noch ganz frischen Kratzer.

Spuren von Liebesspiel. Die Markierung einer Frau, die zu besuchen er nach Paris gekommen ist. Es ist wohl nicht alles so gelaufen, wie er wollte . . .

Und er kommt sich bei ihr Trost holen.

Doch sie möchte ausgeglichen wirken, diese Augenblicke nicht verderben, deshalb tut sie so, als habe sie nichts bemerkt, und lügt:

«Weißt du . . . ich glaube, die Wunde heilt allmählich . . . Das geht vorbei, das alles . . . diese Eifersucht, die du nicht magst.»

Er lacht.

«Das darf nicht vorbeigehen. Manchmal sind Narben schlimmer als Wunden!» Klar zynisch, doch sie ist sicher, daß das seine Art ist, ihr zu sagen, daß er es nicht ertragen könnte, daß sie ihn nicht mehr liebt.

Er bedauert den Brief aus Berlin, aus einer Laune heraus geschrieben, intolerant, ja wirklich.

«Du mußt nachsichtig mit mir sein. Wir müssen weg von diesen Streitereien . . . es ist für mich furchtbar, mit dir zu streiten. Wir verdienen Besseres!»

Er ist mal grausam, mal sanft. Er schürt die Flamme und geht.

Er geht nicht, er verläßt mich.

Sobald er verschwunden ist, kaum daß die Tür sich hinter ihm schließt, bricht sie weinend zusammen.

Er ist in ihrem Leben, ohne dort zu sein.

Er verurteilt sie dazu, ihr Verlangen zu besiegen, die Komödie der Verehrung allein seiner Gegenwart zu spielen.

Ohne Umarmung. Ohne irgend etwas. Ohne irgend etwas anderes als Wörter. Nichts als das Feilschen um den Augenblick seines Fortgehens, um den Zeitpunkt der Trennung.

Wie lange bis zum nächstenmal, und wozu?

Nichts, woran sie sich für etwas Sicherheit klammern könnte. Nichts, weder im Raum noch in der Zeit, was feststünde. Alles entzieht sich ohne Ende. Sie weiß nicht mehr, wer noch wo sie im Dauerbeben ihrer Beziehung ist.

An einem dieser erschöpfenden Tage erhält sie einen Anruf von R. aus Haiphong in Vietnam.

R. fehlt ihr. Er ist weit. Geographisch und in ihrem Kopf. Wie der Kapitän auf großer Fahrt, der er ist, steuert er das große Abenteuer seines Lebens an. Er befindet sich tausend Meilen entfernt von Rom, Deutschland, Griechenland, weit weg vom Okzident, wo sie sich mit dieser Liebesgeschichte herumschlägt, über die die Asiaten höchstwahrscheinlich nur lächeln könnten. R. erzählt von einer anderen Welt. Von etwas anderem, das es unbedingt wert ist, daß sie, und sei es nur einen Augenblick lang, aus dieser Obsession herausfindet, die sie seit Monaten gefangenhält.

Er erzählt ihr von seiner Überwältigung angesichts der jadegrünen Wasser der Along-Bucht, die bei Einbruch der Nacht im Schein der Laternen der Sampans glänzen; er berichtet von dem geradezu verrückten Unterfangen der Dekorateure des Filmteams, den salpeterzerfressenen Kaiserpalast von Huê zu restaurieren, und von der Lebensfreude der so bescheidenen und doch so stolzen Leute dort, denen die Gabe zu staunen erhalten geblieben ist.

Er spricht auch von dem Kleid der Schauspielerin, das für

ihn rot zu sein hat, und von den Auseinandersetzungen mit dem Produzenten wegen dieses Kleides und eines Hutes.

Es rauscht in der Leitung. Alle drei oder vier Sekunden tritt ein Schweigen ein, das einen glauben macht, das Gespräch sei unterbrochen.

Doch die beruhigende Stimme R.s, die einen Augenblick lang verklungen war, kommt wieder, als tauche er aus der Tiefe, von einem Tauchgang in die Chinesische See auf.

«Und du, deine Liebesgeschichte?»

«Ich? Ich weiß überhaupt nicht mehr, woran ich bin. Du hättest nie zugelassen, daß ich mich da so hineinsteigere, wenn du da wärst . . .»

Doch es erscheint ihr absurd, lächerlich, R. von dem Auf und Ab dieses Liebeslebens zu erzählen, wo er sie vielleicht von einem behelfsmäßigen Apparat, einem Überbleibsel der Kolonialzeit am Rande des Urwaldes, aus anruft. R. ist ein Eroberer auf dem Vormarsch, der sich ganz dem kühnen Ehrgeiz seiner Arbeit hingibt. Er ist verliebt in seinen Traum und rodet, erbaut; er verleiht seinem Traum Leben.

Sie hat das nicht fertiggebracht.

Während sie beim Telefonieren mechanisch an dem Aufnahmegerät und den Kassetten auf ihrem Schreibtisch herumspielt, fühlt sie sich plötzlich von ihrer Machtlosigkeit erdrückt. Von den Hirngespinsten ihrer eigenen Geschichte, die ihr mit einemmal nichtig und lächerlich vorkommt.

Der Frühling ist beinahe da. Sie denkt daran, wie ein lauer römischer Frühling mit geteilter Liebe hätte sein können.

Doch das sind nur einsame Träumereien. Fast fünf Monate sind seit der Toskana verstrichen, und nichts ändert sich.

Oder vielmehr doch.

Zur Zeit sind sie fast so weit, sich zu hassen, so sehr läßt ihr gegenseitiges Verständnis von Mal zu Mal nach.

Wie sie sich auch sagt, daß diese Wechselduschen unmenschlich sind, entweder ist es das oder nichts.

Das oder ihn verlieren.

Er führt «neutrale» Gespräche ein – solche, in denen es nicht «darum» geht – das heißt, nicht um sie beide und ihre unwahrscheinliche Liebe.

Er schneidet allzu – wie er sagt – «subjektive» Bekenntnisse ab und schaltet um auf Literatur, seinen Roman oder etwas anderes.

Darauf versteht er sich. Das hat er immer schon gemacht.

Aber nicht mit ihr. Sie hat bei diesem Spielchen nie mitgespielt, und bis jetzt hat er sich nie darüber beschwert.

Im Gegenteil.

Er wußte zu schätzen, daß sie ihn sich selbst zeigte, wie er sagte, daß sie die Schattenseiten in ihm erhellte. Von ihr und nur von ihr konnte er das hinnehmen, weil nur sie alles von ihm wußte. Das mochte er so bei ihr, doch das fürchtete er mit Sicherheit auch, denn heute erlaubt er es ihr nicht mehr.

Warum will er nicht einmal diese Verschworenheit mehr?

Und wenn er recht hätte? Jedenfalls sind sie nach einer gewissen Zeit dieser «gesunden« Neutralität beschwichtigt und finden sich in dem Gefühl wieder, das er trotz aller Zusammenstöße letztlich mit ihr teilt.

Das der Zusammengehörigkeit.

Wo sie sich nicht gegenseitig zerfleischen, wo sie erneut «subjektiv» reden darf, wo die Worte sanft und beruhigend sind.

Also wahr.

«Die Frauen, mit denen ich ein- oder zweimal schlafe, die sehe ich nie wieder. Willst du etwa das?»

Diese Affären zählen für ihn nicht, waren nie irgendwie wesentlich oder, schlimmer noch, töten das Wesentliche ab.

«Das endet immer gleich, diese Geschichten. Und unser beider Geschichte kann doch kein Ende haben . . .»

Und übrigens hat er solche Liebschaften immer seltener. Seit einiger Zeit sogar gar keine mehr.

Er lacht.

«Was ich da sage, muß dich doch beruhigen . . .»

Ja, es beruhigt sie.

«Man kann gar nicht oft genug sagen, wie unvollständig Zweierbeziehungen doch sind . . .»

«Du bist immerhin dreizehn Jahre mit deiner Frau zusammengeblieben!»

Seine Ehe war, trotz einiger schöner Jahre, eine solche Knechtschaft, ein solches Gefängnis, daß er sich jetzt jeder Art von Einschränkung seiner geliebten Freiheit nach Kräften widersetzt.

«Das geht nicht gegen dich, verstehst du. Das ist meine Sache. Ich brauche Luft zum Atmen.»

Das war es also! Auch sie atmet auf. Nicht sie als Person will er nicht. Nicht ihre Liebe lehnt er ab. Er ist in keine einzige Frau verliebt, will mit keiner bumsen. Er muß sich nur selber wiederfinden. Sich wieder aufbauen.

Frauen und Sex haben damit gar nichts zu tun!

Zum erstenmal seit langem fühlt sie sich an diesem Abend nicht von ihm verlassen.

Das Absolute entspricht zu sehr seiner Neigung und seinem Talent, als daß er sich mit irgendwelchen mittelmäßigen Bettgeschichten zufriedengeben könnte.

«Aber die Liebe?»

«Die Liebe, eine bestimmte Art von Liebe, kann und muß sogar ohne das auskommen.»

Endlich begreift sie.

Sie wird ihn lieben, wie die Heiligen Christus geliebt haben. Ohne Sex.

Bis hin zur Ekstase als Orgasmus für mich und ohne die Gefahr, verschlungen zu werden, für ihn.

Auf ihrer Liste hatte sie «die Heiligen» vergessen!

Diese kaltglühenden Flammen mit dem «vergeistigten Fleische», die sich nur den keuschen Höhenflügen der Seele mit Wollust hingeben, wie die selige *Ludovica* von Bernini, die Seelengattin, verrückt vor reiner Liebe.

Ihre Freundin A. ist entsetzt.

«Jetzt auch noch der Unantastbare! Das ist ja eine lebensgefährliche Liebe, deine Geschichte! Wer da verrückt werden könnte, bist du!»

Nein. Wenn er sich nur anbeten läßt, kann sie aus Liebe zu ihm alles.

Da er nun einmal will, daß sie ein Engel ist, sei dem eben so.

«Ihr habt mich berührt und ich brenne vor Verlangen nach Eurem Frieden.»

Sie liest Augustinus. Mit Genuß. Nachts spürt sie die Gnade einer Liebe sich entfalten, wie sie sie nie gekannt hat. Er ist so in ihr lebendig, daß sie sich davon überzeugt, daß sie seine reale Gegenwart nicht mehr braucht.

«Ich bin die Geliebte, und er zieht in meine Seele ein.»

Bei diesen Worten der heiligen Therese durchströmt sie Lust. Sie ist erfüllt von Entzücken. Sie kam vor Hunger nach ihm um, und jetzt kostet sie eine unvergleichliche Trunkenheit, von der sie zu niemandem spricht, weil sie genau spürt, daß sie bei etwas Unerklärlichem, mit jemandem anders als ihm nicht zu Teilendem angelangt ist.

«Ermißt du, was das für mich heißt, dir das zu sagen? Das jemandem zu gestehen, es dir zu gestehen?»

«Wenn jemand das verstehen können muß, dann wohl ich. Du kannst ja nicht wissen, wie das für mich ist . . . Ich bekomme davon Gänsehaut. Ich nehme das entgegen wie eine Gabe. Eine unwahrscheinliche Gabe . . .»

Nun kehrt er also zu ihr zurück. Nimmt er endlich etwas von ihr an.

«Doch wie . . . wie diese Liebe erwidern?»

Endlich kapituliert er.

Sie wußte es! Jetzt, wo sie nicht mehr hinter seinem Geschlecht her ist, will er sie wohl lieben.

Es ist eine friedliche Zeit eines seltsamen Glücks, einer vorläufigen Ruhe, eine Art Seligkeit.

«Morbide! Und unglaublich brutal!» sagt L.P. «Du merkst das überhaupt nicht. Das ist ein Killer!»

L.P. ist über ihre Devotion entrüstet. Über diese Liebe ohne Erwiderung.

Sie sagt: «Ohne sinnliche Erwiderung, doch nicht unerwidert . . .»

«Und unterdessen sitzt er gemütlich in römischen Straßencafés in der Sonne und ißt Eis in Begleitung göttlicher Geschöpfe!»

L.P. wird unbarmherzig. Er sagt sich wahrscheinlich, daß nur Eifersucht ihr die Augen öffnen kann.

Nichts hilft.

Abends aus Rom dringt wieder und immer wieder die einlullende Stimme an ihr Ohr, die einzige, die sie vernimmt.

«Hör nicht auf sie. Höre nicht auf die, die keinerlei Sinn für diese Dinge haben. Sag ihnen doch einfach, es ist aus.»

Wenn er das sagt, dann heißt es, daß es nicht so ist.

Doch wohin mit diesen plötzlichen Visionen, die sie durchschießen und ihren schönen neuen Gleichmut trüben? Sie sieht ihn im Sonnenschein, irgendwo in der Stadt, über die Schulter einer blutjungen Italienerin geneigt, die ihr schwarzes Haar zurückstreicht, um das Eis zu lutschen, das er ihr spendiert hat.

«Ich würde gern nach Rom kommen. Wenn man es sich überlegt – in all der Zeit bin ich nicht ein einziges Mal gekommen . . .»

Natürlich, sie soll kommen. Das ist doch klar. Aber momentan ist das nicht so einfach. Er fühlt sich wenig frei für sie. Er ist durch seine Arbeit, seine Kinder völlig überfordert.

Und durch das Mädchen mit dem Eis!

Sosehr sie sich auch davon zu überzeugen versucht, daß er ihre neue Fügsamkeit liebt – die stehe ihr sehr gut, sagt er –, der Engel, der zu sein sie sich bemüht, merkt, wie seine Flügel knittern.

Der Mann hat sie nicht zufällig berührt.

Sie war dabei zu schwimmen. Er hat ihren Knöchel umfaßt. Sie kommt an die Oberfläche hoch und sieht ihn unter meisterschaftsverdächtigem Gespritze davonkraulen.

Sie geht täglich ins Schwimmbad, taucht und schwimmt unter Wasser. Unter Wasser, wo für sie das Empfinden der Ursprünge so stark ist, wo sie an das Geheimnis anknüpft, das ihre wunde Stelle ist und das nur er allein kennt: das Geheimnis der Verzauberung. Die Verzauberung der Zeit, als sie Zwillinge hätten sein können, im Bauche ihrer Mutter!

Untrennbar.

Der Schwimmer kommt erneut auf sie zu, hält auf ihrer Höhe ein, nimmt seine kleine Schwimmbrille ab, lächelt sie an. Sie könnte sich von dem kraftvollen Nacken, dem winzigen goldenen Ring im Ohr, den Tröpfchen, die auf seiner Schulter glitzern, erregen lassen. Aber nein. Keine Spur. Keine Spur dieser wunderbaren Wärme zwischen den Schenkeln, die die Sinne entflammt. Nichts als das mit einemmal eisige Wasser, das sie schlottern macht. Nichts von all dem, das sie vorher so liebte.

Vorher, als sie einen Körper hatte.

Bevor er sie umbrachte, indem er sie nicht begehrte.

O. hatte ihr gesagt, daß bei diesem Diner eine Hellseherin anwesend sein würde. Eine erstaunliche Frau, scheint es.

Sie hat keine Lust hinzugehen. Sie will nichts über die Zukunft wissen. doch O. drängt sie. Letztlich gibt sie nach.

Bevor sie losgeht, sucht sie einen Gegenstand, etwas, das sie beschützen soll. Wovor? Sie weiß es nicht.

Sie steckt ein winziges Foto von ihrem Vater ein.

Bei Tisch sitzt sie neben der Frau. Sie spricht nicht mit ihr, vermeidet Blickkontakt.

Kaum wird aufgetragen, als sich ihre Nachbarin, die Gabel in der Hand und mit halbvollem Mund, zu ihr dreht:

«Oh, là, là . . . Sie sind von einem Mann besessen . . .»

Sie sagt sich, daß die Frau nicht viel riskiert. Bei Pariser Diners sind Frauen, die von einem Mann besessen sind, garantiert keine Seltenheit! Die Chancen, recht zu haben, stehen 50:50! Sie wirft O. einen Blick zu, die erraten hat, daß von ihrem Bruder die Rede ist.

Sie hat von dieser komischen Tante überhaupt nichts gewollt und mag es nicht, wenn man ungefragt in ihr Leben eindringt. Die Hellseherin muß das spüren. Sie legt die Hand auf ihre.

«Sie sind mir gegenüber von Anfang an feindselig gestimmt.»

Sie mag nicht angefaßt werden. Sie zieht ihre Hand weg.

«Das stimmt. Ich hatte Angst. Ich hatte dichtgemacht. Mich geschützt.»

«Man kann sich nicht vor dem schützen, was geschehen soll. Wir sollten einander begegnen. Doch jetzt geht es schon besser, Sie sind jetzt viel entspannter, nicht wahr.»

Die Hellseherin spricht laut. Alle hören zu, peinlich berührt und fasziniert zugleich. Sie weiß das. Sie muß diese Show häufig bei solchen Diners abziehen, deswegen lädt man sie wahrscheinlich sogar ein.

«Es herrschen starke Vibrationen zwischen Ihnen. Eine Mischung aus unwiderstehlicher Anziehung und . . . heftiger Abneigung . . . Sie sind wie Eis und Feuer, und trotzdem, Sie müssen damit umgehen lernen . . . weil . . .»

Sie fragt sich, ob sie noch mehr hören will.

Wenn nicht, kann ich sie immer noch bitten aufzuhören.

Sie bittet sie nicht.

«Weil?»

Die Frau sieht sie aus zusammengekniffenen Augen an.

«Sie müssen hinnehmen, daß das zwischen Ihnen so ist. Es wird nie anders sein, und es ist . . .»

«Aber ich kann nicht! Es ist zu stark!»

«Sie müssen aber . . . Sie müssen es wirklich so hinnehmen . . . Damit umgehen lernen, weil das etwas ist, das sich nicht . . . das sich nicht auflösen wird . . . das nie ein Ende haben wird . . .»

»Meinen Sie dieses so zerrissene Verhältnis?»

«Ja . . . Er ist von Ihnen fasziniert, doch Sie machen ihm angst.»

Dazu braucht sie keine Hellseherin! Sie lächelt, während sie O. ansieht, die ebenfalls lächelt. Sie sind die beiden einzigen bei diesem Diner, die wirklich wissen, wovon diese Frau spricht.

Trotzdem, wirklich unglaublich, diese Frau! Beeindrukkend – in einer Minute, ohne sie zu kennen und ohne je von ihr oder ihm gehört zu haben, bringt sie die Dinge auf den Punkt.

Es wird Lachs gereicht. Ihr Nachbar schenkt Wein ein. Das Orakel verschmäht irdische Nahrung nicht. Sie wirkt ausgehungert und achtet nur noch auf das, was sie auf dem Teller hat.

Jeder kommentiert, bewundert, verspottet, glaubt oder glaubt nicht an diese Phänomene.

Doch plötzlich hört die Frau auf zu essen. Sie legt ihre Gabel auf den Teller, der tönt wie der Gong beim Boxen, um die nächste Runde einzuläuten. Am Tisch breitet sich Stille aus.

«Sie kennen sich schon so lange . . . Diese Bindung reicht sehr weit zurück . . .»

«Ja. Er ist ein Jugendfreund. Wir haben uns mit sechzehn Jahren kennengelernt.»

Die Hellseherin mustert sie eingehend.

«Oh, nein. Das ist es nicht. Sie kennen sich schon sehr viel länger, sehr lange . . .»

«Sie meinen . . . aus einem früheren Leben?»

Sie hat die Frage in scherzendem Tonfall gestellt, weil ihr die Frau, würde sie nicht lächeln, in diesem Augenblick angst machte.

Ihre Wangen sind gerötet, der Blick durchdringend.

«Ja . . . in einem anderen Leben . . .»

Sie zögert.

«Er ... er ist vielleicht Ihr Kind gewesen ...»

Sie hat das Diner sehr früh verlassen. Um allein zu sein, um zu laufen, das Grausen, das Gefühl von «beunruhigender Seltsamkeit», das die Worte der Frau in ihr geweckt haben, abzuschütteln.

Sie erinnert sich an die allerersten Worte, die sie in der Toskana ausgesprochen hat. In dem kleinen Schlafzimmer.

«Das wäre beinahe Inzest zwischen uns.»

Daß diese Frau gerade diese zwischen ihnen so private, so besondere, so untypische Sache angesprochen hat, ist einfach unvorstellbar, verblüffend!

Wieder zu Hause, will sie es ihm erzählen. Sofort. Sie ruft ihn an. Doch dort in Rom antwortet niemand.

Seit einiger Zeit ist er häufig abends fort, viel mehr als früher.

Seit dem Tag, vor ein paar Wochen, als sie ihn aus Los Angeles angerufen hatte.

Sie hatte ihn ausweichend, in Eile, komischerweise ein wenig zu fröhlich gefunden ...

Daß ich ständig an ihn denke, selbst am anderen Ende der Welt, ist ihm völlig schnuppe.

Er hatte, ziemlich bösartig, wie sie fand, über ihre immer «sehr schicken» Reiseorte gewitzelt: die Toskana, Montreux, jetzt Los Angeles! Worüber sie sich eigentlich beschwere? Hatte sie denn nicht das Privileg, es sich – wie diese melancholischen Verliebten des 19. Jahrhunderts – leisten zu können, um die Welt zu gondeln? Sie hatte protestiert, ohne zuzugeben, wie sehr sein Zynismus sie einmal mehr verletzte.

«Aber ich habe nicht die geringste Lust, hier zu sein! Das ist viel zu weit weg von Rom, von dir.»

Nach Montreux – wie konnte er schon vergessen haben, daß sie von dieser Stadt nur seine Nachricht auf dem Anrufbeantworter in böser Erinnerung behalten hatte – war sie zum Arbeiten gefahren. Nach Los Angeles ebenfalls. Wäre es ihm lieber gewesen, sie hätte ihn aus La Rochelle oder Rodez angerufen?

«Du fehlst mir überall. Kommst du bald nach Paris?»

Er hatte keine Antwort gegeben.

Er habe keine Zeit, sagte er, keine Zeit, mit ihr zu reden.

Eine seiner früheren Schülerinnen sei bei ihm. Es ginge ihr gar nicht gut, und er müsse sich um sie kümmern. Eine «zerbrochene» Seele, die da. Variante der Kategorie «gequälte Seelen». Sie hatte das «Heilige», «Ergebene» in ihm angesprochen, und er war diesem armen Mädchen sofort zu Hilfe geeilt!

Auf dieses Telefongespräch hin hatte sie Los Angeles, «die Stadt der Engel», und Engel im allgemeinen gehaßt.

Diese weiblichen Kind-Engel, mit dem kleinen, zarten Geschlecht und spitzen rosa Zungen, die nicht nur Eis lutschen.

Kaum hat sie sich ins Bett gelegt, klingelt das Telefon. Er ist eben nach Hause gekommen. Noch bevor sie etwas sagt, weiß sie, daß er weiß. Daß er das Diner, die Frau erahnt hat. Deswegen ruft er auch an.

«Das ist einfach schön. Das erhellt all das, was im dunkeln lag. Diese Frau ist eine Botin des Schicksals.»

Davor wollte ich mich gerade schützen, vor dem Schicksal!

Der unüberwindbare Schatten zwischen ihnen, jetzt spricht er ihn wieder an:

«Weißt du, das sind so verrückte Wörter, daß man nicht wissen kann, was dahintersteckt. Das, worüber wir in der Toskana gesprochen haben, kannst du dir das noch ins Gedächtnis rufen?»

Das braucht sie sich nicht ins Gedächtnis zu rufen – sie hat nie aufgehört, daran zu denken!

Er anscheinend schon.

Aber wie denkt er denn an uns, an unsere Geschichte?

«Eine inzestuöse Bindung, weißt du noch? Wir haben uns das gefragt. Das sind Dinge, die man dunkel ahnt . . . die so schwer zu fassen sind . . .»

Sie stimmt zu, doch habe sie damals an Schwester und Bruder gedacht.

«Zwillinge, du weißt schon!»

Doch dieses! «Er ist vielleicht Ihr Kind gewesen!» Nie.

Sie sagt, daß man so etwas nicht denken kann, daß diese Vision sie stört, zu stark ist, doch daß die Frau ihr erklärt habe, daß man das hinnehmen müsse. Er ist derselben Meinung.

«Damit muß man leben. Das habe ich dir immer schon gesagt. Das ist griechisch!»

Nach den Engeln jetzt wieder zurück zu den Griechen! Zur Schicksalhaftigkeit, zu den Schatten, zu Orpheus und Eurydike, zu dieser ganzen Mythologie ihrer Geschichte. Jetzt sieht er sich in seiner Verweigerung der fleischlichen Liebe zu ihr auch noch bestätigt. Freigesprochen.

«Wie du schon sagtest: Das ist beschissen griechisch!»

Sie bedauert, ihm die Worte dieser Kassandra weitergesagt zu haben.

Doch wie ihm nicht sagen, was immer Herzstück unserer Geschichte war?

Sie schluckt ihre Tränen hinunter:

«Das ist schwer zu ertragen, unerträglich.»

«Aber nicht doch. Du solltest das als Erlösung betrachten. Am schwersten ist es immer, flußaufwärts gegen die Strömung zu schwimmen.»

«Davon willst du etwas verstehen?»

Er lacht.

«Ich habe den Tiresias in *Ödipus Rex* gespielt.»

Wenn Sophokles ins Spiel kommt, bin ich verloren.

Die Griechen triumphieren.

«Wenn man versucht, gegen das Schicksal anzugehen, übernimmt, zerstört, haßt, tötet man sich.»

«Ich hatte ganz vergessen, wie sehr unsere Geschichte vom Schicksal gebrandmarkt ist!»

Sie versucht es mit Ironie. Sie versucht, nicht daran zu glauben.

«Das solltest du nicht vergessen. Du nicht.»

Er hatte geglaubt, sie habe diesen Sinn für die Dinge verloren. Er freut sich festzustellen, daß das nicht der Fall ist.

«Das, das sind wieder wir. Da erkenne ich dich wieder.»

Wenn er zwischen ihr und sich diese Vertrautheit herstellt, wenn er akzeptiert, dieses Mysterium mit ihr zu teilen, kann sie nicht anders, als alles zu glauben, was er sagt.

«Daß du das endlich anerkennst, macht die Dinge so friedlich! Siehst du, das ist doch alles soviel einfacher!»

Er sagt mir gerade, daß er mich nie mit der Art Liebe lieben wird, die ich von ihm will.

Er glaubt, daß sie es akzeptiert habe, daß sie auf diese Liebe verzichtet habe. Sie hat das ebenfalls geglaubt.

«Unsere Geschichte kann es nicht geben, meinst du das?»

Er antwortet, daß sie genau das ausgesprochen habe, was ausgesprochen werden mußte.

«Unsere Geschichte, so wie du sie wolltest, nein. Weißt du, als ich von Schicksalhaftigkeit sprach . . .»

Er ist zufrieden, geschmeichelt, unterwirft sich dem Schiedsspruch der Götter, die ihm recht geben.

Sie dagegen möchte sich auf dem Boden zusammenrollen und schreien.

Ihr Bruder spaßt, spielt den Psychoanalytiker, spricht von ihren jeweiligen ödipalen Komplexen.

«Dein Kind! Hör doch auf. Der sollte lieber die Probleme mit seiner Mutter klären und du die mit deiner!»

Und zum Thema Schicksal rät er ihr, ein Kapitel von Freud über das Schicksal der Triebe zu lesen . . .

L.P. sagt auf seine Art das gleiche:

«Das ist ja total kindisch!»

Doch fügt er noch hinzu:

«Total pervers!»

Sie würde ihnen gern glauben. Es würde sie so beruhigen, ihnen zu glauben! Doch viel mehr noch als alle Erklärungen, um die sie bittet, verstärkt sich das bewegende und schreckliche Rätsel der Worte der Hellseherin in ihr, um so mehr, als er daran glaubt und möchte, daß auch sie daran glaube.

Ihre Geschichte war vom Schicksal vorherbestimmt, doch nicht in die richtige Richtung. Diese Liebe, die es nicht nicht geben konnte, konnte in Wahrheit nicht sein.

In diese Richtung wies das Schicksal.

Bei dieser Entdeckung versteinert sie innerlich.

Ihre Engelsflügel zerbrechen.

Und wenn das alles stimmte?

Glücklicherweise wacht ein kleiner griechischer Gott, schon wieder einer, es gibt tatsächlich einen für jeden Fall.

Eros.

«Das Kind mit Erektion.»

Auf einen Schlag fühlt sie in sich das Feuer wieder erwachen, diesen Hunger auf ihn, den die himmlische Nahrung nicht gestillt hat.

Das «vom Schicksal» auferlegte Liebesverbot holt sie von der ekelerregenden Süßlichkeit weg. Angesichts des Verhängnisses, des Geschmackes nach Tod rettet sie vor dem Erdrücktwerden nur das Verlangen.

Wenn ich nicht dieses brutale, zerstörerische Verlangen nach seinem Geschlecht, nach seinem Geschlecht in mir hätte, wenn ich mir nicht diese, wenn auch einsame Lust verschaffen würde, wäre ich längst vernichtet.

Lieber Besessenheit als gar nichts.

Doch hält sie diese Glut geheim.

Nie wieder darf er ihr Verlangen spüren.

Deshalb spricht sie nur von dem Glück, wieder an die Gnade ihrer unauflösbaren Bindung angeknüpft zu haben.

Sei er nun hier oder anderswo.

Ihn jetzt zu lieben, ohne sein Wissen, heißt leiden.

Sie weiß das.

Sei's drum.

Lieber leiden als gar nichts.

Selbst wenn nachts, im Traum, ihr allmächtiger Beherrscher zum fleischfressenden Raubtier wird und sie foppt, indem er sich jungen, allzu glatten Engeln anbietet, die er jagt, nachdem sie sich in seinen Armen in grausame Teufelchen verwandelt haben.

Die Zeiten der heiligen Therese sind vorbei. Keine der Heiligen im Paradies kann noch etwas für sie tun.

Sie hat sich für die Hölle entschieden. Die Hölle des einsamen Sexes.

Die Hölle der unerwiderten Liebe.

«Doch ist unerwiderte Liebe nicht weniger wahr.»

Und wer könnte mit Sicherheit behaupten, es bliebe immer so?

Das «Vielleicht-eines-Tages-doch-einmal» ist stärker als der Zweifel.

Diese Hoffnung ist es, ohne die sie nicht leben kann.

Er wird sie nicht so lieben, wie sie möchte, das weiß sie.

Na ja, glaubt sie zu wissen, weiß es aber nur halb und nur zeitweise.

Meistens ist sie im Bann dieses hartnäckigen, nicht in den Griff zu bekommenden Paradoxes: «Ich weiß zwar . . . aber trotzdem.»

Als gäbe es immer noch eine Chance, daß die Dinge nicht so seien, wie sie sind.

Ich pfeife auf das Schicksal und diesen ganzen Schwachsinn, ich werde kämpfen und nochmals kämpfen. Ich werde ihn nie aufgeben.

Die Putzfrau hatte es nur gut gemeint.

Sie hat den Bademantel gewaschen!

«Er war so schmutzig, mit diesem braunen Irgendwas-Flecken vorne drauf.» Sie blickt sie mißtrauisch an.

«Kaffee ... Ich habe Kaffee darübergekippt.»

Sie weint beinahe, als sie das Getröpfel aus dem klatschnassen Frottee auf das Email der Badewanne hört.

«Und außerdem haben Sie mir nie gesagt, daß ich dieses Ding nicht waschen soll.»

Das stimmt. Sie hat es ihr nie gesagt, aber im allgemeinen tut die Putzfrau nur genau das, was man ihr aufträgt. Nun ergreift sie ausnahmsweise eine Initiative, und dann so eine unglückliche.

Dieses Ding! Der geliebte Bademantel, der erbärmlich am Trockenständer baumelt, wie ein Vogel mit ölverschmiertem Gefieder! Sie hat nicht schlecht Lust, die Schuldige an den Haaren zu packen und nach draußen zu schleifen, wie die Barbarin, die sie ist.

Sie wringt einen Ärmel des Bademantels aus. Er färbt ab. Ein kleines dunkelblaues Rinnsal läuft über den Boden der Badewanne.

«Er wird völlig ausgeblichen und kratzig werden. Haben Sie ihn bei wenigstens 30° gewaschen ... und mit Weichspüler?»

Die Putzfrau ist ganz aus dem Häuschen, daß man ihre Kompetenz in Waschfragen anzuzweifeln wagt.

«Ja, ja ... natürlich bei 30°.»

Sie sagt sich, daß sie sie anlügt, daß sie erst wissen wird, ob er wirklich bei der richtigen Temperatur gewaschen wurde, wenn er trocken ist.

«Der braucht ja ewig, bis er trocken ist! Was glauben Sie, wie lange?»

«Einen Tag, schlimmstenfalls zwei.»

Das schlimmste ist, daß er naß ist.

Mußte sie diesen Bademantel waschen, der seit sechs Monaten dort hängt! Ausgerechnet heute!

Heute, wo heute ein Glückstag ist.

Weil morgen das Osterwochenende beginnt und er heute abend in Paris ankommt.

Es sei denn, er kommt nicht. Er findet sicher irgend etwas, um nicht kommen zu müssen!

Ohne seine Kinder. Um sie zu sehen, zwangsläufig, denn er hat gesagt, daß er fünf Tage lang bei ihr wohnen würde, ohne daß sie ihn um irgend etwas gebeten hätte.

Ein Wunder. Zu Ostern, bestimmt.

Die Heiligen, die Engel und die griechischen Götter müssen sich verbündet haben!

Er kommt nur, weil er ein gutes Herz hat und weiß, daß ich leide. Nein, gräßlich.

Er ist beruhigt, weil ich ihm gesagt habe, daß ich mein Verlangen nach ihm aufgegeben hätte.

Sie wagt nicht zu glauben, daß er endlich zu ihr kommt.

Ihn nicht überfallen. Auf eine Umarmung verzichten. Wenn er mir Zeit gibt, kann ich das.

Und warum nicht daran glauben?

Ein Mann kommt doch nicht und wohnt bei einer Frau, einfach nur so!

Und wenn er nun käme, um «zu sehen», wie beim Poker?

Aber um was zu sehen?

Sie muß einkaufen gehen, um ein köstliches Essen für ihn zu kochen, um endlich die liebende Frau zu spielen, die sie ihm nie hat sein können, weil zwischen ihnen beiden, seit dem Wiedersehen, nie irgend etwas alltäglich, einfach, normal gewesen ist.

Als sie das Einkaufswägelchen hinter der Waschmaschine hervorholt, denkt sie an die Verszeile von Supervielle: «Ich habe so sehr von dir geträumt, daß du deine Realität verlierst», und sagt sich, daß an Supervielle zu denken, während man auf den Markt geht, gerade ein Zeichen dafür ist, was in ihrer Geschichte nicht stimmt und was sie dunkel spürt: Mit ihm entschwindet die Wirklichkeit!

Die Wirklichkeit der Gemüse-, Fisch- und Käsestände der rue Rambuteau, des Arabers mit den violetten Wangen, der das Kilo immer sehr großzügig abwiegt, der dicken, schwatzhaften Bäckersfrau, der Schlachterin mit den wie ein Chirurg behandschuhten Händen, die den Kochschinken mit dem Messer abschneidet.

Was haben all diese Leute in ihrer Geschichte zu suchen?

Wie soll sie für ihn Walnußbrot aussuchen, wie einen gerade richtig reifen Käse, die schönsten Äpfel, weil er Cézanne so mag, und die Makronen, nach denen er verrückt ist?

Wie für ihn kochen? Für ihn?

Für einen so wenig realen Mann?

Er ist Die Stimme.

Der, der nie da ist, der ihr so fehlt, der im Traum mit ihr schläft.

In unserer Geschichte wird nicht eingekauft und auch nicht gekocht.

Dieses Einkaufswägelchen mit dem Schottenkaro ist kein Gegenstand ihrer Geschichte, ebensowenig die Badematte, die sie in den Müll tut, weil sie sie abgenutzt findet, oder die Laken und der Bettbezug, die sie aus dem Schrank holt und der Putzfrau hinlegt, damit die das Bett frisch beziehe.

Wie ist das möglich, diese so herbeigesehnte Vertrautheit mit ihm, diese endlich geschenkte Zeit, die Dauer seiner Anwesenheit?

Wo wird er schlafen?

Er darf sich keinesfalls in die Enge getrieben oder verpflichtet fühlen, mit mir zu schlafen.

Sie bittet die Putzfrau, das Bett im Zimmer ihres Sohnes vorzubereiten, und ihr wird plötzlich eiskalt, als sie sich an die Worte der Hellseherin erinnert. Doch es gibt kein weiteres Bett im Haus. Ihr eigenes Bett ist ein seinem Kult geweihter Altar, der Schauplatz des Rituals der Telefongespräche, des Kassettenrecorders auf dem Kopfkissen, der ganzen Inszenierung seiner Abwesenheit.

Wie könnte er «in echt» neben ihr schlafen?

Im Waschsalon, neben den Hausfrauen und Studenten, die auf ihre Wäsche warten und dabei in Zeitschriften blättern, sagt sie sich, daß dieser Ort ebenfalls nicht in ihre Geschichte gehört.

Der Bademantel hätte nicht gewaschen werden dürfen. Ihn zu waschen heißt, ihm Realität zu verleihen, und der Bademantel ihrer Geschichte kann – solange er ihn nicht getragen hat – kein Bademantel wie jeder andere sein.

Durch das Bullauge des riesigen Wäschetrockners sieht sie ihn kreiseln wie den Astronauten, der in *2001, Odyssee im Weltraum* in die interstellare Nacht stürzt.

Gleich wird sie den geliebten Bademantel bügeln und auf «sein Gästebett» legen, wie man es in einem guten Haushalt tut. Wie man es bei ihrer Mutter tat.

Er ist da.

Sie nicht.

Dieses Gefühl der Unwirklichkeit hat sich nicht nur nicht verflüchtigt, sondern noch verstärkt.

Übrigens hat sie, als es klingelte – sie wußte, daß er es war –, im Spaß gesagt: «Ich bin nicht da.»

Er hat ohne Kommentar gelacht.

Er hatte seine Reisetasche dabei und die Lederhose vom ersten Mal an. Sie hat ihm sofort das Zimmer ihres Sohnes gezeigt, um alle Komplikationen von vornherein auszuräumen.

«Du kannst hier schlafen, du wirst es bestimmt bequem finden.»

Er scheint's zufrieden, setzt sich auf das Bett, wo sie den Bademantel ausgebreitet hat, der, nach einer Behandlung mit dem Fön, um ihn wieder flauschig zu machen, gar nicht einmal schlecht aussieht.

Er läßt sich bei ihr nieder, er wird nicht eine Stunde später schon wieder abreisen, er packt seine Sachen aus, als wollten sie zusammenleben! Wie ist das nur möglich?

Sie setzt sich in Bewegung. Sagt, daß sie das Abendessen vorbereiten geht. Er will ihr helfen.

«Nein, nein. Wir spielen doch nicht altes Ehepaar . . . jedenfalls noch nicht gleich!»

Er lacht, macht es sich mit der Katze auf dem Sofa gemütlich. Sie beugt sich zu ihm hinüber, streift seine Wange.

«Laß mich dich verwöhnen.»

Sie ist ihm zu nah, hält nach einem Anzeichen von Zärtlichkeit Ausschau, nach der Bewegung auf sie zu, die sie erlösen würde.

Doch er streichelt die Katze.

Sie verschwindet in die Küche. Hält ihre Tränen zurück.

Ich kann nicht. Ich schaffe es nicht. Aber es muß sein, sonst geht er wieder.

Sie schneidet die Keule auf.

Never complain, never explain.

«Sich nie beklagen, sich nie rechtfertigen.»

Die Devise der englischen Königin, die ihr urplötzlich von wer weiß woher in den Sinn kommt, beruhigt sie nicht. Ihre Art und Weise, das Fleisch geradezu zu zerfetzen, hat etwas Gewalttätiges, wie die Gefühle, die sie sich nicht gestatten darf, wie dieses Fieber, das sie eindämmen muß.

Sie wendet den Salat, richtet alles auf einem Tablett an.

Aber wenn er doch nichts von mir will, weshalb ist er dann gekommen?

Sie haben zu Ende gegessen.

Indem sie sich nicht zu nahe zu ihm setzt, ihn bedient, von seinem Roman, Theater, Literatur spricht, von allem außer von ihnen, ist es ihr beinahe gelungen, fröhlich und gelassen zu wirken. Als sei er nur ein Freund oder, schlimmer noch, ein Kumpel!

Er hat sich ebenfalls entspannt und fühlt sich, dem Wein sei Dank, gut.

Doch es ist spät, und die Stunde der Wahrheit rückt näher.

Die, wo es zu Bett gehen heißt. Jeder in seines. Deshalb redet sie, redet pausenlos. Damit es nicht zu diesem Schweigen kommt, bei dem sie solche Lust auf seinen Mund hat, auf seine Hände auf ihrem Bauch, Lust auf seine Zunge, Lust, daß er sie in die Arme nimmt und sein ganzes Gewicht auf ihr lastet.

«Siehst du, wie leicht jetzt alles ist. Wie wohl wir uns so fühlen.»

Sie antwortet: «Ja . . . ja», um nicht zu enttäuschen, um so zu tun, als wäre nichts.

Vergeblich. Das Verlangen lauert.

Dieses Verlangen, das ich für mich behalten muß, ist es vielleicht die Garantie dafür, daß diese Liebe ewig ist?

Sie fühlt sich fiebrig.

Und wenn nun das der Zauber wäre: dieses lauernde Verlangen, das nie benannt, nie gezeigt, nie gestillt werden darf?

Doch das Verlangen läßt sich nicht einfach alles gefallen.

Und er, selbst wenn er Nichtwissen vorgibt, weiß das und spielt damit.

Die Katze hat es sich auf seiner Lederhose bequem gemacht, den Kopf zwischen seine Schenkel gesteckt. Er streichelt das Tier, blickt dabei zu ihr auf. Man könnte glauben, er streichelt sein Geschlecht. Sie sagt sich, daß er sie provoziert. Daß er es genießt, sich ihr vorzuenthalten.

Flüchtig glaubt sie, in seinem Blick ein grausames Vergnügen aufblitzen zu sehen.

Nein, nicht grausam. Nicht er. Nicht zu mir. Eher schon ein Aufreißer, wie L.P. sagt.

Sie wagt nicht, «pervers» zu denken.

Sie setzt sich zu ihm, zu brüsk, streichelt ihrerseits die Katze.

«Die Katze hat es gut.»

Er sieht sie mit seinem Unschuldsgesicht, seinem Engelsgesicht an.

Würgengel.

«Seit ich angekommen bin, haben wir es fertiggebracht, uns nicht zu verletzen, sehr aufmerksam gegeneinander zu sein, uns keine so schrecklichen Dinge zu sagen, wie das schon vorgekommen ist. Laß uns so weitermachen . . .»

Sie spürt, wie ihr Nacken eiskalt wird.

Die schrecklichen Dinge, die sie hätte sagen können, sind:

«Ich liebe dich. Ich begehre dich. Liebe mich. Schlafe mit mir.»

Zu-Bett-geh-Zeremonie.

Er möchte duschen.

«Ja, natürlich. Ich habe dir einen Bademantel auf das Bett gelegt . . .»

Das kommt ihr so natürlich über die Lippen, daß es sie selber wundert und traurig macht. Der Bademantel ist mit einemmal nicht mehr magisch.

Wenn man bedenkt, wie sehr ich diesen Augenblick erwartet habe . . . Und jetzt macht es mir so gut wie nichts mehr aus.

Er verschwindet im Badezimmer.

Zweifellos, sagt sie sich, war es die Ungewißheit, ob er eines Tages dieses Gewand des unwahrscheinlichen Liebhabers anziehen würde, die sie erregt hat.

Jetzt, wo er ihn anziehen wird, ist es nur noch ein Bademantel, ein gewöhnlicher Bademantel, um sich nach dem Duschen abzutrocknen.

Und deshalb wird er noch lange nicht mein Liebhaber!

Das Zimmer ihres Sohnes, in dem seine Kleidung verstreut umherliegt, rührt sie. Auf dem kleinen Schreibtisch hat er seine Hefte mit den persönlichen Notizen, die er sich, wie sie weiß, von jeher macht, aufgereiht. Sie wäre neugierig, Passagen daraus zu lesen. Die, in denen sie vorkommt, aber auch die, wo von all dem in seinem Leben die Rede ist, von dem sie nicht weiß, was er ihr nicht erzählt.

Doch sie traut sich nicht. Sie hebt sein Sweatshirt auf, drückt es an sich, setzt sich auf das Bett.

Seine Zärtlichkeit ist mörderisch.

Aber er ist doch immerhin bei ihr, wäscht sich in ihrem Badezimmer! Sie hört das Wasser laufen, schließt die Augen, sieht ihn nackt, sich den Oberkörper, die Schenkel, das Geschlecht einseifend. Sein Geschlecht, das sie so gern berühren möchte.

Es reicht nur leider nicht, daß er den Bademantel anzieht!

Zum Glück versteht er es wie kein anderer, dem Traum und der Illusion ihre ganze Macht zurückzuverleihen.

Als er aus dem Badezimmer kommt, ist er weder nackt noch im Bademantel. Sondern im Jogginganzug.

In sanftem Farbton, aus dickem Baumwollstoff – es sieht aus wie die Rüstung eines modernen Ritters.

Und sofort wird aus dem Bademantel, den er nicht angezogen hat, wieder das Kleidungsstück der sinnlichen Hingabe des Körpers, der sich ihr anbieten würde, wenn ... wenn ... wenn ...

Er wird wieder magisch, sobald diese Erwartung wach wird:

Wann wird er sich, nackt unter dem Bademantel, hingeben?

Morgen.

Wie soll sie einschlafen, wo er doch im Nebenzimmer schläft?

Er ist da ... Er ist da ... Doch er ist nicht mein, und ich bin nicht sein.

Den Bademantel hat er nicht einmal zum Abtrocknen benutzt. Sie findet ihn so vor, wie sie ihn hingelegt hat, auf dem Badezimmerhocker. Auch den Bademantel faßt er also nicht an.

Und wenn sie zu ihm ins Bett schlüpfen würde?

Er riskiert ja nichts, in diesem Jogginganzug!

Ihr ist heiß, sie macht Licht, zündet eine Zigarette an.

Die Sirene eines Feuerwehrwagens zerreißt die unsichere Stille der Nacht in der rue Beaubourg. Sie öffnet die Schublade mit den Kassetten, die sie, genau wie den Recorder, sorgfältig versteckt hat. Sie zählt sie. Mindestens dreißig Stunden Gespräche!

Wenn er wüßte! Eines Tages erzähle ich ihm von den Kassetten, erzähle ich ihm von dieser einsamen Liebe.

Einsam, ob er nun da ist oder nicht.

Sein Schlaf schmerzt sie. Er ahnt es nicht einmal.

Was hätte sie tun sollen? Sagen: Nein, ich will nicht, daß du zu mir kommst?

Das konnte sie nicht und könnte es auch jetzt nicht.

Aber daß er bei ihr und doch so weit entfernt schläft ist so brutal!

Sie denkt: Verbrechen aus Gleichgültigkeit.

Schwein!

Nein, nicht er. Das zu denken tut zu weh.

Es niemals geschafft zu haben, ihn zu rühren, ihn zu erweichen, das hat mir noch kein Mann je angetan. Ich werde nicht weiter in den luftleeren Raum hinein lieben.

Sagt sie sich das zum erstenmal? Ja.

Aber es sagen hilft nichts.

Er ist soviel stärker als alles, was sie sich sagen kann.

Schlafen. Sie will schlafen. Morgen wird man weitersehen. Da ist ja noch morgen und übermorgen und überübermorgen.

Danach. Nach was? Sie weiß es nicht.

Später.

Aber was wird später denn zusätzlich beziehungsweise nicht mehr sein?

Unmöglich, auch nur einzuduseln.

Du schläfst nicht. Du kauerst im Schatten, du, das Raubtier! Du lauerst auf deine Beute. Du wirst dich am Fußende meines Bettes aufrichten, dich auf mich werfen, in mich dringen, mich lutschen, mich lecken, mich kratzen, mich beißen, mich verschlingen. Töte mich ruhig, mein Geliebter. Es ist mir so egal.

Er lauert auf überhaupt nichts.

Weder in dieser Nacht noch am nächsten Tag. Und sowieso ist er den ganzen nächsten Tag verschwunden. Wohin? Sie weiß es nicht.

Sie hält an sich, um ihn nicht auszufragen, als er um acht Uhr abends zurückkommt, düster, fiebrig, mit einem Blumenstrauß für sie.

Es ist das erste Mal, daß er ihr etwas schenkt.

Blumen. Was soll ich ihm verzeihen?

Sie essen im Restaurant. Sie ist nach diesem ganzen Tag ohne ihn nervös, und all ihre Bewegungen sind zu brüsk, sie stößt ihr Glas um, läßt die Gabel fallen. Er sagt ihr, daß er gemerkt habe, daß sie gelegentlich ihre Gesten nicht beherrscht.

Das denkt der Bergsteiger in ihm.

Aber er weicht aus, als sie ihn fragt, welche Bedeutung diese Ungeschicklichkeit seiner Meinung nach habe. Sie mag seinen auf sie gerichteten Blick nicht. Diese verfänglichen Worte, die, dessen ist sie sicher, viel mehr bedeuten, als er sagt.

Er denkt, welch ein Durcheinander es beim Liebesspiel mit mir geben würde. Entsetzlich.

Zum erstenmal spielt er auf etwas Körperliches von ihr an und dann auch nur, um etwas aufzuzeigen, das ihm nicht in Ordnung scheint.

Wie auch soll ich sanft sein, wenn er mich nie streichelt?

Er ißt so gut wie nichts. Er sagt, er sei erschöpft, mitgenommen, er habe am Nachmittag ein befreundetes Paar besucht, das sich gerade scheiden läßt, und daß er habe Schiedsrichter spielen müssen.

«Diese Gewalt zwischen ihnen, du kannst es dir nicht vorstellen.»

Sie kann es sich sehr gut vorstellen, doch sind ihr diese Leute schnurz.

Und wir? Wir, nichts. Nicht ein Wort.

Er redet mit ihr, als seien sie ein geeintes Paar, ein Mann und eine Frau, die sich, im Gegensatz dazu, ohne Gewalt, ohne Zwist lieben.

Diese Maskerade ekelt sie an.

In dieser Nacht ist auch sie erschöpft eingeschlafen.

Sie hat von Foltern geträumt.

Von dem Mädchen, das ihn gekratzt hat.

Am nächsten Tag ist das Wetter schön, er ist gut gelaunt und will mit ihr durch Paris spazieren.

«Wie früher, weißt du noch?»

Sie sagt, daß sie genug habe von früher, jetzt sei jetzt. Es gäbe Dinge, die jetzt gelebt werden müssen. Sie finde ihn zu sehr von Proust beeinflußt.

«Ich habe genug davon, daß die Erinnerung Vorrang hat vor . . .»

«Vor was?»

Sie traut sich nicht, das Wort «Verlangen» auszusprechen.

«Ich weiß auch nicht . . .»

Er spürt ihre Verärgerung, ihren Überdruß.

«Unsere Bindung ist nun einmal so, das weißt du doch . . .»

Er weiß, daß er sie beruhigt, wenn er «unsere Bindung» sagt.

«Diese von sonstwo hergekommene Bindung, die habe ich auch satt.»

Sie hat es wirklich satt.

Seit Stunden laufen sie durch Paris, welches er wie ein Fremder wiederentdeckt. Die Ostersonne scheint mild, er gibt ihr die Hand, scherzt, redet mit ihr, wie er es so gut versteht. Sie könnte beinahe glücklich sein, doch auf der Caféterrasse in der rue Montagne-Sainte-Geneviève, wo sie sich hingesetzt haben, wirkt er so unbeteiligt, daß sie einen Kloß im Hals verspürt.

Er braucht mich nicht zum Atmen, ich bin nicht der Mittelpunkt seines Lebens, ich bin nicht seine Freiheit, seine Leichtigkeit, ich bin nicht alles für ihn.

Diese freundschaftliche, zärtliche, fast verliebte Passivität, die er so zu schätzen scheint, damit kann sie auch nicht leben.

Das Feuer! Wenn kein Feuer mehr brennt, ist mir das alles scheißegal. Und daß er so tut, als wüßte er das nicht, damit kann sie auch nicht leben.

Am Abend dieses dritten Tages gehen sie ins Theater.

Früher haben sie zusammen Amateurtheater gespielt, als sie noch im Gymnasium waren. Sie war in einem Stück Schauspielerin gewesen, dann Regisseurin in einem anderen. Er war ihr Berater, ihr Vertrauter, ihr Komplize.

Als er noch so wunderbar war!

In der Pause geht er telefonieren. Sie sitzt im Foyer auf einer roten Samtbank und wartet auf ihn.

Er hat nicht bei mir telefonieren wollen.

Erst unbestimmt, dann immer drängender und plötzlich mit Vehemenz macht sich das Gemurmel der schönen Stimme einer unbekannten Frau in ihr breit. Der Frau, die er, dessen ist sie sicher, anruft.

Doch er kehrt lächelnd zu ihr zurück, mit Sektgläsern in der Hand, voll entwaffnender, naiver Unschuld.

Welch ein genialer Simulant! Welch ein Talent zum Dissimulieren!

Und wie üblich fällt es ihr schwer, das von ihm zu denken, und sie ärgert sich über ihre krankhafte Eifersucht.

Nein, doch nicht er. Er kann kein Simulant sein. Nicht bei mir.

Als sie aus dem Theater zurück sind, möchte sie am liebsten weinen. Zuviel Unausgesprochenes, seit er da ist, zu viele Verdächtigungen, zuviel Nichts. Aber auch ihre Tränen muß sie zurückhalten.

Weil die Toilette leck ist, weil das Wasser überall hinfließt und ihr Schutzengel, der sie so leiden läßt, jetzt Klempner spielt.

Sie sind beide im Badezimmer, sie wie eine Dienstmagd auf den Kacheln kniend und er über die Waschmaschine gebeugt, um zu versuchen, an den Haupthahn heranzukommen.

Sie schaut auf seinen Rücken, seinen Hintern, seine Schenkel.

Diese hautenge Lederhose, macht er das absichtlich, oder merkt er es nicht?

Sie vergißt darüber das Weinen. Sie begehrt ihn.

Und wenn nun ich mich auf ihn werfen würde, wenn er schon nichts tut?

Doch sie tut ebenfalls nichts.

Sie wringt den Aufnehmer aus.

Es muß Mitternacht sein, meine Kutsche ist wieder zum Kürbis geworden!

Wie sind sie von der Verzauberung in diese Wirklichkeit gelangt?

Diese Wirklichkeit eines Mannes und einer Frau, die zusammenleben würden.

Diese verdammte falsche Nähe, diese unerträgliche Wirklichkeit, denn er bumst mich ja nicht einmal.

Sie schmeißt den Aufnehmer hin und bricht in Tränen aus.

«Ich halte es nicht mehr aus. Berühre mich. Liebe mich oder verschwinde.»

Er versteht nicht. Oder tut auch nur so.

«Ich dachte, alles wäre klar . . . daß wir all das geklärt hätten.»

Sie sagt, daß das unsichere Entscheidungen seien, daß sie geglaubt habe, ohne körperliche Liebe auskommen zu können, doch daß sie es nicht kann. Nein. Sie wird es nie können.

«Das ist doch schließlich kein Verbrechen!»

Sie geht auf ihn zu. Sie will seinen Mund. Er wendet den Kopf ab.

«Daß ich dich so anflehen muß, wie demütigend! Das ist unmenschlich.»

Er erträgt nicht, daß sie ihn beschuldigt. Er sagt, daß sie frei sei, daß er sie zu nichts zwinge, daß er sie um nichts gebeten habe.

Diesen Mann, der sie jetzt anschaut, mit zusammengebissenen Zähnen, schmalen Lippen, diesen unnahbaren Mann kennt sie nicht.

«Es stimmt, du hast mich um nichts gebeten. Und genau das ertrage ich nicht. Weshalb bist du denn überhaupt zu mir gekommen?»

Er antwortet nicht.

«Und das tust du mir an. Du!»

Er steht auf, geht im Zimmer auf und ab.

«Man könnte meinen, du suchst die Zerstörung. Es ist wirklich unheilvoll, alles so kaputtzumachen . . .»

Wieder diese Wörter!

Gefahr, Verhängnis und jetzt unheilvolle Zerstörung! Er führt nur düstere Worte im Mund. Ich will diese Tragödienfigur, die er aus mir macht, nicht sein . . . Aber von wem spricht er überhaupt? Diese Frau, das bin doch nicht ich! Und wenn er nun verrückt wäre?

«Was ‹alles›? Was mache ich kaputt? Ich, ich bin aus Fleisch und Blut!»

Er raucht eine nach der anderen. Seine Gesichtszüge sind eingefallen, seine Lippen haben ihre sinnliche Rundung verloren und sind nur noch ein geschlossener, harter Spalt.

Ich könnte ihn umbringen, wenn er seinen Mund abwendet, wie eben.

Er bemüht sich, Ruhe zu bewahren, was sie haßt.

Nein, ich bin nicht die flehende, schmerzensreiche Frau, die er in mir sieht. Ich liebe das Leben, nicht diese morbide, krankhafte Beziehungskiste, zu der er mich zwingt. Ich bin nicht diese Frau, die sich zu seinen Füßen windet, ihm gehorchen muß, sich seinen Verboten fügt – unter Androhung welcher Strafe denn? Berechtigte Frage. Meine Freunde lieben mich, ich bin von Männern geliebt worden, er, er ist es, der nicht normal ist.

Und wenn er sadistisch veranlagt wäre? Wenn es ihn erregt, sie zu manipulieren?

Wenn er, aufgrund ihrer bedingungslosen Liebe zu ihm, in ihr das «ideale» Opfer gefunden, sie dazu gemacht hätte?

Sie muß sich unbedingt an diese Wut erinnern, die sie in diesem Moment verspürt. An diese Klarsicht. Sie muß sich unbedingt jedesmal daran erinnern, wenn sie sich erneut Illusionen über ihn macht.

Was sie in den darauffolgenden Sekunden auch spornstreichs tut.

Wie jedesmal.

Nein, nicht er. Er kann dieser Mann nicht sein. Nicht bei mir.

Als ob diese unerschütterliche Überzeugung ihr durch eine Art hypnotischer Macht, die er über sie hätte und von der sie sich nicht freimachen kann, suggeriert worden wäre.

Diese Unmöglichkeit, an ihm zu zweifeln, stets begleitet von unermeßlicher Trauer bei dem Gedanken, ihn zu verlieren, von einem Schuldgefühl und dem drängenden Bedürfnis nach Versöhnung. Nach einem Zurück zum Vertrauen.

«Bist du böse auf mich?»

«Nein.»

Sie steht auf, geht zu ihm. Er wendet sich ab.

«Ich gehe schlafen.»

Sie schläft mit ihm, aber er weiß nichts davon.

Oder will es nicht wissen. Das ist ihr schnuppe.

In der Nacht, einen Teil der Nacht lang, ist sie draußen durch die Straßen gelaufen. Um nicht ein weiteres Mal so nah bei ihm und getrennt zu sein. Um dem Wunsch zu widerstehen, in sein Bett zu schlüpfen. Vergeblich.

Als sie heimkommt, tut sie genau das. Sie streckt sich neben ihm aus, in seiner Wärme, und lauscht unbeweglich seinem ruhigen Atem, hält ihren eigenen an, um ihn nicht zu wecken.

Sie schwelgt in dem ein bißchen idiotischen Genuß ihrer Kühnheit, ihres Ungehorsams. Des endlich Möglichen.

Das Endlich erreicht. Oder doch beinahe.

Aber hängt denn nicht ihre ganze Geschichte mit ihm an diesem «Beinahe»?

Aber umfaßt dieses «Beinahe» denn nicht ihre ganze Geschichte mit ihm?

An den schlafenden, so sehr geliebten Körper des «Bergsteigers» geschmiegt, der von oben bis unten mit dem schützenden Freizeitanzug gepanzert ist, eng an dieses kindliche Mann-Tier geschmiegt, das Gletscher besiegt hat und den Ansturm einer kleinen Frau wie sie fürchtet, schläft sie seltsamer- und unerklärlicherweise ein.

Wie etwa das Kind, das keinen Schlaf findet und erst im Bett seiner Eltern beruhigt einschläft.

Sie weiß weder, wie lange sie geschlafen hat, noch, ob er ihre Gegenwart gespürt, sie toleriert hat.

Sie wird wach, als der Morgen eben graut, sieht ihm beim Schlafen zu, um in ihrem Gedächtnis dieses unwahrscheinliche Bild des besiegten Kriegers, dieses ungezähmten, dem Schlaf hingegebenen Mannes festzuhalten.

Und dann kehrt sie ganz leise in ihr Bett zurück.

Am Morgen packt er urplötzlich seine Sachen, nimmt seine Tasche, gibt ihr die Schlüssel zurück.

Er geht.

Warum ist es so hart, wenn er geht, wo es doch so weh tut, wenn er da ist?

«Aber wo gehst du denn hin? Du solltest doch fünf Tage bleiben . . .»

Sie sagt all das, was man nicht sagen soll. Er sagt es ihr.

Sie stellt zu viele Fragen.

Sie beeinträchtigt seine Freiheit.

Weiß er Bescheid über heute nacht? Geht er deswegen?

Sie schaut zu, wie er seinen Mantel überzieht, sich zu der Katze hinunterbeugt, die gekommen ist, sich an seinem Bein reibt und miaut. «Tschüs, Katze!»

Sie sollte ihn ohrfeigen, ihn hinauswerfen, ohne abzuwarten, daß er geht. Doch nein. Sie tritt zu ihm, und mit der Hand, die eigentlich nur in seinem Haar verweilen, den Hals entlang zu seiner Brust fahren möchte, klopft sie leicht die Schulterpartie des Mantels ab, um ein Haar zu entfernen.

«Wie hat es soweit mit uns kommen können?»

Er sagt, er wisse es nicht, doch sie überwache ihn, horche ihn aus, beurteile ihn, mache ihm nichts als Vorwürfe. Er tue alles, damit zwischen ihnen etwas möglich sei, aber das wäre es nicht. Er halte dieses Nicht-Verstehen einfach nicht mehr aus.

«Aber was denn bloß? Was ist denn dieses Etwas?»

Er ist bereits in der Diele. Sie beginnt zu weinen.

«Es ist meine Schuld, ich weiß. Du hast recht. Geh nicht.»

Sie klammert sich an seinen Arm.

«Ich tue auch, was du willst . . .»

Sie hebt die Katze auf, die sie wie ein Kind an sich preßt, wischt ihre Tränen am Fell ab.

Ich hasse dieses Selbstmitleid.

Er ist schon in der Tür. Sie spricht immer noch Wörter. Dumme Wörter. Um Zeit zu gewinnen.

«Nur du kannst mir helfen, dich nicht mehr so zu lieben, wie du es nicht willst.»

Sie hört sich selbst Blödsinn reden. Sie ekelt sich selbst an.

Er umarmt sie kalt.

Wenn er mich nicht ausstehen könnte, würde er auch nicht anders dreinschauen.

Die Tür schließt sich hinter ihm.

Zu Hilfe! Man muß dem ein Ende bereiten. Sich losreißen.

Doch wie?

Ihr Bruder kniet auf dem Boden vor dem schneeigen Fernsehschirm.

«Wie jeder andere auch. Schluß machen. Ihn nicht mehr sehen, nicht mehr anrufen und vor allem nicht an dem Tag, an dem du dich geheilt glaubst, zum Hörer greifen.»

Sie sagt, sie könne es nicht, es sei stärker als sie. Er möge ihr sein Rezept geben, falls er eines habe.

«Du läßt dich von deinen Gefühlen mitreißen. Denke mal ein bißchen nach, das Denken braucht man nicht unbedingt den Pferden zu überlassen! Er ist vielleicht einfach nur ein Dreckskerl.»

Sie protestiert wieder mit «Nein, er doch nicht».

«Er nicht? Warum er nicht?»

«Ich weiß nicht.»

Ihr Bruder zuckt die Achseln. Seine jüngste Tochter möchte unbedingt die Kassette mit *Die Schöne und das Biest* sehen, und der Videorecorder funktioniert nicht.

«Hör auf, ihn zu vergöttern, und du wirst es wissen. Du weigerst dich zu sehen, wer er ist, und du bist enttäuscht wie das Kind, das eines Tages merkt, daß weder es selbst noch seine Eltern allmächtig sind.»

Sie sagt, sie möge es nicht, wenn er den Analytiker spiele.

«Momentan spiele ich einen unfähigen Elektriker.»

Er versucht, die völlig verhedderten Drähte des Gerätes zu entwirren. Seine Tochter wartet mit der Kassette in der Hand, bereit, beim geringsten Anzeichen, daß das Videogerät wieder geht, aufzuspringen.

«Ach, ich kriege das jetzt nicht hin! Du mußt deine Kassette eben morgen ansehen!»

Das hartnäckige kleine Mädchen fragt sie, ob denn sie den Videorecorder nicht reparieren könne.

«Doch, vielleicht. Zeig mal. Es ist bestimmt der Anschluß.»

Ihr Bruder ist nie ein guter Mechaniker gewesen. In einer Sekunde leuchtet die rote Anzeige auf. Das kleine Mädchen sagt: «Super!»

«Ein '89er Chambertin. Geschenk eines Patienten! Dazu müßte man eigentlich etwas essen.»

Sie ist zu ihrem Bruder in die Küche gegangen. Er hat eine Weinflasche hervorgeholt und liest das Etikett vor. Sie sagt sich, daß dieser Mann, der ihr früher zerbrechlich vorkam, mit den Jahren zusehends beruhigender wirkt.

«Hast du immer noch Angst vor Camembert?»

Ein alter Scherz zwischen ihnen! Für ihn eine alte und wahrscheinlich grausame Erinnerung.

Als kleiner Junge konnte er den Geruch von kräftigem Käse nicht ausstehen, und ein Cousin verfolgte ihn, um sich zu mokieren und um die Anwesenden zu belustigen, jedesmal, wenn er kam, mit einem Camembert. Er schrie, weinte, war angstgelähmt, und alle fanden das sehr komisch. Also gibt es bei ihrem Bruder keinen Käse zum Wein. Und man vermeidet die Cousins.

Er entkorkt die Flasche, schenkt sich ein Glas voll und kostet, während er im Kühlschrank nach etwas zu Knabbern stöbert. Sie fühlt sich wie das Biest, das man nicht lieb hat, weil es das Biest ist und man es im Nebenzimmer brüllen hört. Ihr Bruder richtet auf dem Tisch Räucherwurst und ein Stück Sülze an.

Sie sagt, daß sie mit anderen Männern natürlich Schluß machen würde, es wahrscheinlich schon seit langem getan hätte, aber nicht mit ihm.

«Er war mein Schutzengel . . .»

«Oh, nein! Jetzt nicht auch noch Engel! Du wirst mir doch nicht das gesamte Repertoire der Psychiatrie des neunzehnten Jahrhunderts durchspielen!»

Sie muß lachen. Sie trinkt noch ein Glas Wein, das er ihr einschenkt.

«Man hat keinen Retter in seinem Leben. Man ist allein, meine Gute, bis zum Tode inklusive, und auch Illusionen und die Liebe ändern daran nichts. Das ist das Los der Menschen. Und weißt du, wie man das nennt?»

Selbstverständlich weiß sie das. Das nennt man Realität.

Sie braucht es, daß ihr Bruder so mit ihr redet, aber nach einer Weile fällt er ihr auf die Nerven.

«Männer verstehen nichts von Leidenschaft. Man könnte meinen, euch sei so etwas fremd.»

Sie sagt, daß ihr die Realität scheißegal sei. Daß es ihr Recht sei, sich Illusionen hinzugeben, vielleicht sogar ihr Talent.

Es ist ihr letzter Versuch zur Ehrenrettung.

Ihr Bruder wird laut. Schreit sie an:

«Na gut. Aber es gibt einen Zeitpunkt, da ist es nicht mehr Liebe, da ist es Niedertracht. Dieser Typ liebt dich nicht.»

Und er wiederholt:

«Er liebt dich nicht.»

Die Frau schläft. Zumindest glaubt das der Mann, der sich langsam auszieht und sie liebevoll betrachtet. Es ist dunkel im Schlafzimmer. Nackt kommt er ans Bett, kniet sich hin, streichelt die Schlafende und vergißt dabei nicht einen Zentimeter ihrer Haut. Vom Zeh über die seidige Höhlung der Schenkel bis an den empfindlichen Rand des Geschlechts. Seine Finger brennen.

Die Frau stöhnt im Schlaf, macht die Beine breit. Eigentlich schläft sie nicht, sondern genießt es, nichts zu tun, alles mit sich geschehen zu lassen. Damit er ihr Herr sei und mit ihr tun möge, wonach es ihn verlangt. Die Zunge des Mannes bohrt sich in sie. Dann läßt er seine Hände unter ihre Lenden gleiten und hebt sie leicht an. Sie spürt sein Glied in sie gleiten. Sie hat Mühe, sich nicht zu bewegen, dem Verlangen zu widerstehen, die Brustwarze in Reichweite ihres Mundes zu lecken, Mühe, unter diesem schweren Körper, der sie erdrückt, nicht zu stöhnen.

Doch plötzlich löst sich die Form des Mannes auf, verschwindet wie ein Geist, und die Frau hält nur noch eine zusammengerollte Katze an sich gepreßt, deren gelber Blick die Schläferin weckt. Die Schläferin, das ist sie.

Sie macht Licht, die Katze schläft am Fußende des Bettes. Es war nur ein Traum. Einer mehr. Einer dieser Träume, der ungeliebte Frauen heimsucht.

Wie hat sie eine solche Frau werden können? Sie, um die sich die Männer immer bemüht haben?

Er hat ihr von sich selbst ein unerträgliches Bild vermittelt. Er hat sie tief innen in ihrem Frausein verletzt. Und er hat aus ihr diese Frau gemacht, die jetzt so sehr an ihren Verführungskünsten zweifelt!

Das ist es, was sie ihm nicht verzeihen kann.

Was sie ihm nie verzeihen wird.

«Er hätte dieser Sache schon lange ein Ende bereiten müssen, wenn du es nicht kannst. Aber er ist dazu unfähig!»

Ihr Freund D., der, der sie in der Toskana vor ihrer übertriebenen Begeisterung für ihn gewarnt hatte, wundert sich nicht weiter über sein Verhalten.

«Er ist der Typ Mann, der sich dem, was ihn stört, nie stellen will. Entweder ergreift er die Flucht, oder er macht sich selbst etwas vor. Ich hatte dir gesagt, du sollst aufpassen. Ich habe das sofort gespürt. Das ist ein Hasenherz.»

Er meint, daß er wie diese Männer ist, die zu schwach sind, um sich einzugestehen, daß sie Angst haben – nicht etwa, der Frau, die sie nicht lieben, weh zu tun, sondern daß die Schmerzen, die sie zufügen, ihnen selbst weh tun!

«Die Zweideutigkeit eurer Beziehung hütet und pflegt er aus Feigheit, was darauf hinausläuft, daß er dich dir Illusionen machen läßt. Und auch aus Eitelkeit. Welcher Mann fühlt sich nicht geschmeichelt, daß man ihn bis zum Wahnsinn liebt, selbst wenn er sich angeblich durch diese Liebe verfolgt fühlt?»

Sie sucht Hilfe bei ihren Freunden, hört jedoch nicht zu und findet ihm alle nur erdenklichen Ausreden. Varianten des «Nein, er doch nicht».

Wenn sie sich gegenseitig zerfleischen, dann, weil auch er sich nicht von dieser Bindung freimachen kann, unter der sie beide leiden.

Und wenn er sie immer etwas hat erhoffen lassen – was? Er weiß es sicher nicht besser als sie –, dann deshalb, weil ihm an ihrer privilegierten, einzigartigen Beziehung liegt, die er um nichts auf der Welt zerstören möchte!

Welche Art von Privilegien? Sie könnte es nicht sagen, stellt sie aber nicht in Frage.

Wessen hat er sich denn schuldig gemacht, wenn man es richtig besieht?

Sie kann ihn nicht zwingen, sie zu lieben. Er hat keine Schuld, wenn er sie nicht begehrt.

So nutzt sie jetzt zu seiner Verteidigung, was sie nie akzeptiert und ertragen hat.

Und zu dem Kummer, sich ins Unvermeidliche fügen zu müssen, gesellt sich nun noch das herzzerreißende Gefühl seiner Unschuld, seines guten Willens, sowie das nicht weniger anstrengende Gefühl ihrer Schuldhaftigkeit, ihrer Gemeinheit, sich überall über seine Grausamkeit beschwert zu haben.

Um ihn nicht mehr zu lieben, müßte sie ihn hassen, dafür Gründe haben. Und die Vorstellung, ihn zu hassen, bringt sie fast zum Lachen, wenn sie zur Zeit nicht soviel weinen würde.

Aber welche dunkle Hoffnung, welche Energie nährt dieses Feuer, dessen Glut nicht verlöscht, wer ist dieser Phönix, der immer wieder aus seiner Asche ersteht, damit sie einen Monat darauf, als sie schon glaubte, den Drachen des «Ich weiß zwar . . . aber trotzdem» gezähmt zu haben, ihn in Rom aufsucht?

Was setzt sich derartig fort, das sie nicht unterbrechen kann und er auch nicht?

Denn sie wäre vielleicht nicht nach Rom gefahren, wenn nicht einige Zeit nach seiner Flucht vor ihr, nach einer Zeit des Schweigens, wie immer – einer Zeit der «Spannung», wie er sagt –, sie eines Tages einen Anruf von ihm bekommen hätte.

Er weint am Telefon.

«Ich will nicht, daß du mich für ein Ungeheuer hältst.»

Zeitverschobene Entschuldigungen, die sie, in bezug auf sein Verhalten bei ihr zu Ostern, seltsam findet.

Er versteht sehr gut, daß sie seine Art, sich zurückzunehmen, sich «zusammenzuziehen», sobald er sich «überfallen» fühlt, nicht akzeptiert.

Seine Art, ständig zu sagen, er verstehe, bringt mich auf die Palme.

«Aber ich habe dich nicht überfallen! Ich mag dieses Wort ‹überfallen› nicht. Ich habe immer den Eindruck, ich greife dich an.»

Sie ist nicht die einzige. Alle werfen ihm das gleiche vor!

«Ich bitte dich, mir deswegen nicht böse zu sein. Mehr nicht.»

Ja, mehr nicht.

Das ist das Wichtigste für ihn.

Er will an der ganzen Sache keine Schuld haben. Er will es nicht gewesen sein. Ihr Kummer dagegen ist ihm gleichgültig. Sie hat sich oft gesagt, daß er unter krankhafter Schuld-Unverträglichkeit leide.

Zorn packt sie. Eine plötzliche mörderische Wut. Ohne

Zweifel dem angemessen, was sie seit Monaten durchmacht.

Sie hätte nach folgenden Worten auflegen, nie wieder mit ihm sprechen sollen: «Ich hasse, wie du meine Schwächen ausnutzt, meine Ohnmacht, dir zu widerstehen, deine Art und Weise, mich zu brauchen, mein Interesse und die Aufmerksamkeit, die ich deiner Arbeit zolle, zu brauchen. Aber dein Roman ist mir scheißegal. Ich pfeife darauf, deine literarische Beraterin zu spielen. Deshalb und nur deshalb rufst du mich seit Monaten überhaupt noch an. Damit ich dich stimuliere, damit ich dich ermutige. Oh, ich weiß – du hast es mir oft genug gesagt, und ich kann dich förmlich protestieren hören –, daß du praktisch eine Legende daraus gemacht hast, niemanden zu brauchen und nur auf deine eigenen Kräfte zu zählen!

Doch sage mir, wer verabreicht denn tröpfchenweise, mit teuflischem Geschick denjenigen, die dir eine Zeitlang unentbehrlich sind, die Mindestdosis, die nötig ist, damit die unsichtbaren, unentwirrbaren Fäden einer Leidenschaft gesponnen werden, eines Einflusses, dem sie sich nicht entziehen können? Wer, wenn nicht du? Deine Stärke, das ist diese Anziehungskraft. Die setzt du ununterbrochen ein. Es erregt dich, die Leute so an dich zu binden. Die sensibelsten, natürlich. Die anfälligsten. So hast du auch mich erwischt, die Rebellin, die du immer für viel stärker hieltest, als ich es war, sicherlich, um beruhigt zu sein, daß ich die Hiebe, die du mir versetztest, auch würde wegstecken können. Pech für mich, daß ich nicht auf dem Platz geblieben bin, den du mir zugedacht hattest! Unerträglich für dich, daß eine Frau das wagt. Was alles zwischen uns kaputtgemacht hat, ist, daß ich mich deiner Forderung nach einer keuschen Beziehung nicht gebeugt habe. Ist es das?

Welch eine Unkenntnis der Liebe, des Verlangens und der Frauen!

Unwissenheit – was eine gewisse Unschuld voraussetzte – oder Perversität? Gar Sadismus, sagen einige.

All die normalen Männer um mich herum. Alle die, die mich nicht gern weinen sehen, alle diese Männer, von denen einige meine Liebhaber gewesen sind und die denken, daß du in dieser Hinsicht nicht ganz richtig bist, beziehungsweise all diese krankhaften Spielchen über alles liebst. All diejenigen, die der Frau in mir, die du zerstört hast, glücklicherweise wieder Mut machen.»

Das alles hätte sie ihm sagen sollen. Um ein Ende zu setzen. Aber statt dessen, und weil sie ihn schluchzen hört und ein weinender Mann für eine Frau beinahe ein Kind ist, das sie trösten muß, sagt sie:

«Ich verstehe. Ich bin dir nicht böse.»

Und weil er weint, kann sie nicht anders, als sich einmal mehr zu sagen, daß er trotz allem an ihr hängt, daß auch er sie nicht verlieren möchte.

Er fängt sie erneut in den Netzen seiner Stimme.

Sie verfällt noch einmal dem Zauber.

Seine Tränen ruinieren alle ihre Entschlüsse, ihre vorübergehende, blitzartige Einsicht.

«Weine doch nicht. Sag mir, was ich tun kann, um dich zu trösten.»

Sie wünscht sich nur das: ihn trösten zu können. Ihm weiter zuhören zu können. Selbst wenn er nur von sich spricht.

Ja, sagt er, sie müsse ihm verzeihen, denn er ersticke, fühle sich in sich selbst gefangen wie im schrecklichsten Kerker. Die der Zeichnungen von Piranesi seien nichts dagegen.

Sie sagt sich, daß er, selbst wenn es ihm schlechtgeht, immer noch einen poetisierenden Verweis an der Hand hat, der «das Intime» neutralisiert. Er braucht diesen Umweg über Piranesi, den Zeichner von Gefängnissen, den großen Kenner des Eingeschlossenseins, um zu akzeptieren, von sich zu reden.

Er beklagt sich, angekettet zu sein. Er weiß, daß er diese Ketten, die ihn von der Welt trennen und ihn daran hindern, an die anderen heranzukommen, sprengen müßte, aber er schafft es nicht. Noch nicht. Zu viele Beschwernisse halten ihn fest, Zwänge, denen er sich nicht entziehen kann. Zu viele unentwirrbare Widersprüche. Und die Zeit fehlt.

Wovon spricht er? Wahrscheinlich vom Leben. So ist das Leben nun einmal, für alle! Aber er, er wird gleich kopflos.

«Und im Grunde macht das auch nichts. Weil ich mich schützen muß.»

Schon wieder! Vor welcher Gefahr denn diesmal?

Er fühlt sich von überall her angegriffen.

«Aber was haben die nur alle gegen mich?»

Er wird überrannt.

Wie eine Verführerin, die über die Reaktionen, die sie auszulösen sucht, entrüstet ist und aufgebracht ruft: «Aber wofür halten Sie mich denn?»

Er wird belagert.

«Das frißt mich auf, all diese Forderungen nach Zuneigung um mich herum. Meine Kinder, meine Familie, meine Freunde, meine Schüler und der Rest.»

Der Rest, das sind natürlich die Frauen.

Die Frauen und ihre ihn verfolgenden Forderungen.

Sie sagt sich, daß sich oft die schlimmsten Verfolger am meisten darüber beklagen, verfolgt zu werden. Vor allem die engelhaften, die reinen, diejenigen, die wie er immer mit dieser irreführenden Sanftheit und absolut unschuldig fragen:

«Aber was habe ich denn getan?»

Er ist so zerbrechlich, dieser Moralist! Dieses Vorbild an Redlichkeit und Aufrichtigkeit, dem die schlechte Welt und die bösen Leute unaufhörlich so zusetzen!

Dieser so empfindsame Scharfrichter, der Opfer spielt und weinend darum bittet, man möge ihn über das Leid, das er zufügt, hinwegtrösten.

Armer Liebling. Zu sehr gefordert. Zu sehr geliebt. Man will ihm die babyweiche Haut «vom Leibe reißen»! Er hält es einfach nicht mehr aus, daß sich alle diese Leute «an ihn hängen», denen er wahrscheinlich, wie ihr, die Sterne vom Himmel zu holen verspricht, ohne je etwas zu schenken. «Aber was wollen die denn?» Liebe. Das wollen sie. Nicht die Krümel, die ihnen anzubieten er sich herabläßt und die er für Diamanten von unschätzbarem Wert hält.

Bestimmt hat eine Frau ihm dieselben Vorhaltungen gemacht wie ich, doch wahrscheinlich ist sie nicht so schwach, wie ich es bin. Bestimmt hat sie ihm den Laufpaß gegeben. Das hat ihm nicht gefallen.

Und bei ihr heult er sich aus.

Und doch zweifelt sie, als sich ihr Zorn gelegt hat, an dieser Wahrnehmung von ihm. Ihr angebeteter Engel mit dem so sanften Blick kann nicht dieser Mann mit dem kalten Herzen sein. Sie sagt sich, daß die Enttäuschung sie die Boshaftigkeit, die sie in ihm vermutet, übertreiben läßt, so wie die Verzauberung sie seine Güte übertreiben ließ. Sie will ihn auch weiterhin vor dem beschützen, was sie für ihre schlimmen Gedanken hält, derer sie sich schämt.

Sie ist sich darüber böse, daß sie ihm wegen seiner mangelnden Liebe böse ist.

Wie ist es zwischen ihnen von dem unerklärlichen Verschmolzensein der Zusammengehörigkeit zu dieser Feindseligkeit, dieser Beinahe-Aversion gekommen?

Er ist immer noch er. Er, der so wunderbar war. Mein zweites Ich . . . mein Zwilling. Mein Kind. Wo bist du?

Sie kann diesen düsteren Grübeleien nicht trauen. Er hat sie nicht so opfern können. Sie muß versuchen, etwas von dem alten Bündnis zu retten.

In Rom. Sie wird hinfahren.

Vom Augenblick ihrer Ankunft an – er hat sie nicht am Flughafen abgeholt, sondern an der Bushaltestelle Piazza Venezia – bis zu dem Tag, als sie auseinandergehen, weil sie aus Rom flieht, hat er sie unaufhörlich gequält. Sie vollends fertiggemacht.

Er hat sie jedoch nicht am Kommen gehindert.
Was hatte er geglaubt? Und sie?

An sich in Rom erinnert sie sich nur wie an eine Fremde, von der er sich abwendet, um sie nicht zu hassen.

Der strahlende Traum von Rom, die unwahrscheinliche Reise nach Rom, die sich endlich realisiert, wird sogleich zum Alptraum. Es ist, als käme sie ohne Visum auf sein Hoheitsgebiet. Er gewährt ihr Asyl, fühlt sich ihr aber in keinerlei Weise verpflichtet. Es ist, als sei sie nur zufällig dort.

Er hat nichts für ihr Kommen vorbereitet, wie man es selbst für eine «gute Freundin» tun würde, und beeilt sich, in der Küche ein frugales Abendessen zuzubereiten. Er wirkt weder froh noch unfroh über ihre Anwesenheit. Er trägt seine unerträgliche «Neutralität» zur Schau.

Sie lernt seine Kinder kennen.

Seine Tochter mit dem Sirenenblick, intelligent und fröhlich, die ihre Jugendfreundschaft rührend findet und ihre Komplizenschaft zu suchen scheint, die jedoch am selben Abend noch zu ihrer Mutter zurückkehrt.

Und seinen Sohn, ein sehr hübscher, mürrischer, wenig gesprächiger Junge, der sie, denkt sie, von Anfang an nicht ausstehen kann.

Bei Tisch überwacht er unter den Wimpern hervor die Blicke, die sie tauschen – insbesondere die, die sein Vater auf sie wirft –, und versucht abzuschätzen, wie nahe sie sich stehen.

Sofort, scheint es, beschließt er, sich von ihr den Vater nicht «wegnehmen» zu lassen.

Wie von den anderen, all den anderen, die sich hier wohl die Klinke in die Hand gegeben haben.

Nicht diese unbekannte Frau wird diese Nacht im väterlichen Bett schlafen, sondern er.

Dieser köstliche, über elfjährige Knabe, dem sein Vater,

der Verführer, diese merkwürdige Laune nicht ausredet, hat natürlich keine Ahnung, wie wenig der ihn braucht, um nicht mit ihr zu schlafen!

Er weiß nicht, der junge Mann, daß zwischen ihnen genau das, was er sich über die Beziehungen zwischen Erwachsenen zusammenphantasiert, nicht existiert. Er ist weit davon entfernt, sich vorzustellen, daß sein Papa die Dame nicht beschläft.

Und recht hat er: Das wäre «das Normale».

In jeder beliebigen anderen Situation hätte sie diese rührende Zuneigung des Kindes zu seinem Vater verstanden, sich davon bewegen lassen oder sogar darüber gelacht. Aber als sie zusieht, wie dieser Junge, den er wie ein Baby hätschelt, sich in dem großen Zweipersonenbett zusammenrollt, fühlt sie sich einmal mehr – diesmal vor einem Kind – gedemütigt, die nicht begehrte Frau zu sein.

Keine Angst, Kleiner, ich bin die, die dein Vater nicht liebt.

Doch sie ist noch nicht am Ende ihrer schmerzhaften Überraschungen. Am zweiten Abend, als sie sich ins Gästezimmer am anderen Ende der Wohnung begibt, hört sie, wie er seinen schon im Kinderbett liegenden Sohn fragt: «Kommst du?»

Wie da nicht denken, daß in Wahrheit er es ist, der sich diesen Schachzug ausgedacht hat: Sein Sohn muß als Schutzschild herhalten!

Für den Fall – Achtung, Lebensgefahr! –, daß ich, wie in Paris, zu ihm ins Bett schlüpfe?

Man könnte meinen, er tue alles, um seiner Familie zu beweisen, daß sie ihm nichts bedeutet. Mit einem Sadismus, den sie dieses Mal nicht leugnen kann. Ihre Freunde haben recht: Bei ihm ist irgendwo eine Schraube locker.

An jenem Abend hat die irreparable Ernüchterung ihren Zerstörungsfeldzug begonnen.

Das Schicksal spielt weiter mit gezinkten Karten. Alles ist genau anders herum, als ich geglaubt habe.

Das, was das Rätsel ihrer Bindung war und sie unzertrennlich machen sollte, würde sie für immer trennen.

Wegen dem, was sie am nächsten Tag in dem schwarzen Heft entdeckt.

Sein Tagebuch, das sie gelesen hat, als er mit seinem Sohn Fußball oder Tennis spielen gegangen ist, ohne sich im geringsten um sie zu kümmern, dieses Heft, das er «nachlässigerweise» gut sichtbar auf dem Tisch hat liegenlassen, als wolle er, daß sie über nichts von all dem mehr im unklaren bliebe, was zu glauben sie sich, im Namen des «Nein, er doch nicht», geweigert hatte.

Als habe er gewollt, daß sie nur deswegen nach Rom komme.

Man entdeckt widerliche, gräßliche Dinge, wenn man im Leben der Leute herumschnüffelt. Diese Art von Neugier kommt einen teuer zu stehen. Das muß sie auf ihre eigenen Kosten erfahren.

All die falsche Unschuld, derer sie ihn verdächtigt hat, alles steht dort schwarz auf weiß geschrieben.

In seiner schönen Schrift hat er Tag für Tag die Abenteuer seines Sinnes- und Liebeslebens festgehalten, seine Suche nach Verführung und dem Verlangen, das man wekken und dann hegen und pflegen muß, bis zur endgültigen Hingabe.

Er hatte mir ja gesagt, daß er ein Raubtier ist! Ich hätte vorsichtig sein sollen! Zu dem Zeitpunkt belog er mich noch nicht.

Seitenlang Worte über Unbekannte.

Kein einziger Name. Er hat sie alle gelöscht. Nur die Initialen stehen noch.

So ist er, der Mann, der sie von seiner Beinahe-Keuschheit überzeugt hat!

Und der hat mir auseinandergesetzt, daß Liebe und Sex seine Sache nicht seien. Und ich habe ihm auch noch geglaubt!

Soviel unsinnige Mühe, um ihn nicht zu verletzen! Um ihn nicht zu «überrennen», und dann am Ende nur diejenige zu sein, die ihn schlecht behandelt und quält, doch nie die, die ihn tröstet, wie alle diejenigen aus dem Heft.

Nicht einmal zu sagen gewagt haben – aus Liebe, aus Respekt, aber auch aus Angst, ihn zu verlieren –, es sei «das oder nichts», wie jede Frau es getan hätte. Welch eine pathetische Unterwerfung!

Daß er sich dermaßen über ihre Frustration lustig gemacht hat, daß er sie mißbraucht hat, ohne je zu ermessen, wie sehr er sie verletzte – dazu hätte es ein Mindestmaß an Aufmerksamkeit, wenn schon nicht an Liebe gebraucht –, ist mehr als eine traurige Nachlässigkeit, es ist erschreckend grausam.

«Was zum Bereich des Körpers gehört, stirbt viel schneller als der Rest!» sagte er.

Vielleicht.

Doch Tod heißt, sich mit diesem Rest zu begnügen!

Sie irrt durch die riesige Wohnung am Tiberufer, die sie im Traum so sehr geliebt hat, weil sie «sein Zuhause» war.

Das Telefon steht im Eingangsbereich auf dem Boden vor dem beeindruckenden Bücherregal. Von hier aus also hat er stundenlang mit ihr gesprochen. Von hier aus sie aus der Ferne becirct, in seiner unnachahmlichen Doppelzüngigkeit, ein echtes Talent, das sie ihm zugestehen muß.

So begabte Dreckskerle, das sind die schlimmsten!

Sie möchte alles zerschlagen.

All die Bücher verbrennen, zerreißen, die dieser Mann des Geistes liebevoll aufeinandergestapelt hat, er, der alles gelesen, alles studiert hat, der soviel über die menschliche Seele weiß und nichts, gar nichts über das Herz der Frauen.

Zumindest nichts über ihr Herz.

Ich habe sein Herz so wenig schneller schlagen lassen. Es ist zum Kotzen.

Und das, der Ekel, ist das Schlimmste.

Im blitzblanken Badezimmer ihres Engels mit dem trockenen Herzen beugt sie sich über die Toilette, erbricht.

Vor dem Waschbecken spritzt sie sich kaltes Wasser ins Gesicht. Als sie aufschaut, erblickt sie im Spiegel den zartblauen Himmel und die ocker- und rosafarbenen Wände eines nahegelegenen Wohnhauses. Das Fenster steht offen, die Luft ist lau. Sie hört die Hupen von der Straße, das Geknatter der Vespas, das Geschimpfe der Leute in den Innenhöfen, die zuckersüßen Schnulzen aus den Radios und das Gebrüll der *tifosi* des Fußballspiels im Fernsehen.

Dieses Geräuschewirrwarr, vermischt mit dem entfernten Geläut von Glocken, dieser für Rom so typische Stadtlärm dringt bis zu ihr hinauf.

Ich kann nicht einmal mehr all das lieben, was ich früher so geliebt habe. Er hat alle Liebe in mir massakriert.

Aller Liebreiz, alle Würze der Dinge sind dahin.

Sie erinnert sich an all das, was er ihr über geschlechtliche Dinge gesagt hat, diese «trivialen» Dinge, die ihre so kostbare Bindung «in Gefahr» gebracht hätten, all das, was er, hieß es, mit ihr «vermeiden» wollte, damit ihre Geschichte angeblich kein Ende nähme!

Die Gefahr, das ist doch er! Er hat alles, was in mir lebendig war, kaputtgemacht!

Wie konnte sie nur so naiv sein? Und welche Lügen würde er jetzt noch erfinden, wenn sie ihn befragen würde nach dem, was sie über seine ersten Kitzel, sein Ungestüm, sein Hingerissensein liest, über alles, was sie sich von ihm so ersehnt hat und was jetzt nicht nur mehr ihre Hirngespinste sind! Alles stimmt, steht, von seiner Hand geschrieben, im schwarzen Heft. Er ist nicht länger der Verführer der Phantasiefrauen ihrer Eifersuchtsliste, sondern der von leibhaftigen Wesen aus Fleisch und Blut.

Sie ist wahrscheinlich die einzige, die dieses hehre Privileg genießt: nicht seine Geliebte gewesen zu sein!

Und warum hätte er schließlich keine anderen Frauen lieben sollen, warum hätte er keine Geliebte haben sollen, da er sie doch nicht liebt?

Und das ist das Schrecklichste.

Diese Gewißheit.

Und sie hatte sich wegen ihrer Eifersucht so schuldig gefühlt!

Schuldig und unwürdig. Dieser Wahnsinn, der sie monatelang unterminiert hat, den loszuwerden sie so sehr versucht hat, den sie schließlich für maßlos und krankhaft gehalten hatte, diese von ihm gehaßte Eifersucht rechtfertigt sich mit jeder Zeile, die sie liest.

Findet sie in diesen Heften nicht die erbaulichen Erklärungen für sein manchmal unbegreifliches Verhalten, das Zweifel in ihr geweckt hatte, die sie lieber überging oder sogar zerstreute und sich dabei noch böser Unterstellungen bezichtigte?

Im Theater, beispielsweise, war sie nicht übergeschnappt gewesen. Er hatte wirklich mit einer Frau telefoniert. Mit der von dem Anruf aus Los Angeles, der ehemaligen Schülerin, der es schlechtging. Eine Deutsche. Er hatte sich mit ihr für den nächsten Tag im Jardin du Luxembourg verabredet.

Der Tag, als er nervös und niedergeschlagen mit dem Blumenstrauß zurückgekommen war, nachdem er den ganzen Tag verschwunden geblieben war, und als er ihr die sicherlich wahre Geschichte der heftigen Trennung zwischen diesem Mädchen und dessen Mann erzählt hat. Doch vergessen hatte er hinzuzufügen, daß er es war, der sie anschließend – wenn es nicht schon vorher geschehen war – tröstete, indem er sie an dem Morgen aufsuchte, als er so überstürzt bei ihr weggegangen war!

Als sie bei der Lektüre der Beschreibung seiner «baudelairehaften Nacht» mit seinem Schützling entdeckt, daß er unter diesem Datum nichts über seinen Fortgang von ihr notiert hat, nichts, was sie betrifft, von dem, was sie an diesem Tag wohl hat empfinden können, stürzt sie das in eine tiefe Traurigkeit, die von diesen triumphierenden Worten des an sein Ziel gelangten Don Juans noch vergrößert wird:

«Gestern abend . . . V.s Liebe, endlich!»

Dieses Mädchen hat er gewollt, doch galt es zuerst, den Mann loszuwerden.

Was sie betrifft, so ist sie an diesem Osterwochenende nur seine «Herbergsmutter» gewesen. Nun begreift sie das «Wunder» seines Paris-Besuches. Er war wegen der anderen gekommen. Nicht wegen ihr. Aber warum hätte er schließlich nicht nebenbei von ihrer Wohnung profitieren sollen, von ihren eifrigen Aufmerksamkeiten einer verliebten Frau?

Wie sie so nach und nach beim Durchblättern der Seiten des schwarzen Heftes den Betrug aufdeckt, mischen sich in ihr das zerstörerische Gefühl des nicht wiedergutzumachenden Vertrauensmißbrauchs und eine schuldhafte Verzweiflung, hier bei ihm an seinem Schreibtisch zu sitzen und in seine Intimsphäre einzubrechen.

Nicht doch. Sie braucht sich nicht schuldig zu fühlen. Diesen Schuh braucht sie sich nicht anzuziehen. Noch nie hat sie so etwas bei irgendeinem Mann getan.

Zu diesen Extremen treibt nur er sie.

Vielleicht absichtslos – obwohl sie immer überzeugter ist, daß es ihm Vergnügen bereitet, grausam zu sein –, aus Feigheit oder Nachlässigkeit, aus Gleichgültigkeit oder aus Schwäche, aus Eitelkeit oder vielleicht aus Gutherzigkeit. Wer weiß?

Egal. Und das liest sie über sich:

«Wie jemandem sagen, den ich so sehr mag, an dem ich

hundert Seiten und Zärtlichkeiten liebe und schätze, die mir sagt, ich sei der Mann ihres Lebens, wie also ihr sagen: «Ich empfinde keine Liebe für Euch?»

Ja, wie?

Warum dann aber zulassen, daß ich mich so weit in meiner Leidenschaft für ihn vorwage, und so lange?

Aus der Freundschaft ihrer Zusammengehörigkeit heraus hätte er es ihr mit Liebe, mit ihrer beider Art von Liebe, zu verstehen geben können!

Er wird sagen, das habe er getan, aber sie hätte nicht hören wollen.

Vielleicht.

Aber wie hätte sie auch hören können? Wo er doch nie genug sagte, um sie zufriedenzustellen, und immer genug, um sie zu täuschen.

Er ist nie klar gewesen. Immer widersprüchlich. Er ließ sich zu gern anhimmeln. Er spielte zu gern mit der Macht, die er über sie hatte, mit dieser billig zu habenden Beherrschung.

Alles dies liebte er. Aber sie, sie hat er nicht geliebt.

Ihr Leiden machte ihm nichts aus, selbst wenn er ihr das Gegenteil beteuerte.

Man leidet nicht, wenn man nicht liebt.

«Ich empfinde keine Liebe für Euch.»

Dieser Satz sollte die helle Flamme ihrer Leidenschaft für ihn auf immer löschen.

Aber er hat immer noch etwas Rührendes an sich, denn er «mag sie so». Er hat etwas von dieser gefährlichen Sanftheit, die sein Geheimnis ist und um derentwillen sie sich von ihm immer alles hat gefallen lassen. Nein. Selbst diese Worte reichen noch nicht, ihr den Gnadenstoß zu versetzen.

Sie braucht noch weitere, schonungslosere, rohere, die keinen Einspruch mehr zulassen.

Die sie ein Stück weiter liest, so richtig seine Brutalität und seinen Zynismus widerspiegelnd, Worte, die ihm manchmal entwischen, wenn er sich nicht mehr unter Kontrolle hat, die von seiner dunklen Seite stammen, die er immer vor ihr verborgen gehalten hat, die er vor sich selbst versteckt und die sie ebenfalls nie hat sehen wollen.

«Wie schon früher hat bei unserem Wiedersehen nichts in mir den Jagdinstinkt geweckt.»

Das ist deutlich.

Frauen sind Jagdwild.

Und sie ist für ihn kein Wild nach seinem Gusto gewesen!

Das hier ist weit entfernt von Liebe, von Zusammengehörigkeit, von Engeln, weit entfernt von Dichtern, weit von den Griechen, von Delphi, seiner Pythia und deren Orakeln.

Ihr Bruder hatte recht, das hier ist Niedertracht.

Sie hat sich in ihm geirrt.

Der Schutzengel mit dem so gütigen Lächeln ist nur mehr ein hinterhältiger Hexer.

Von dieser Desillusion wird sie sich nie erholen.

Der Mann, den sie geliebt hat, konnte sie nicht verraten, konnte «die Zusammengehörigkeit» nicht verraten.

Doch hat dieser Mann je existiert?

In der Stunde des fallenden Engels wankt alles.

Sie ebenfalls.

Von der absoluten Liebe, die sie für diesen Mann empfunden hat, bis zum Haß, der in ihr aufsteigt, als sie diesen Satz liest, ist es nur ein Schritt.

Den zu tun sie noch zögert, nicht mehr länger, um ihn zu schonen, sondern um sich selbst zu schützen, um sich den Ekel des Selbstmitleids angesichts dieses Desasters zu ersparen.

Fliehen.

Auf der Piazza Navona setzt sich ein junger *raggazo* neben sie, fängt an, auf italienisch mit ihr zu reden.

Seine Augen haben nicht die Farbe des Bademantels!

Sie sagt, daß sie nichts verstehe, aber er lächelt, ruft den Kellner, bestellt zu trinken für sie beide. Er sieht aus, als sei er einem Film von Pasolini entstiegen.

Sie hat das Bedürfnis zu reden, also erzählt sie dem Unbekannten, der kein Wort versteht, aber ununterbrochen lächelt, alles.

Am Ende steht er auf und fordert sie auf mitzukommen.

Er oder ein anderer, das ist mir scheißegal. Hauptsache, ein Mann steckt seinen Schwanz in mich, damit ich nicht vor Trauer sterbe.

Sie haben auf dem Dachboden eines *palazzo* in einer benachbarten Straße miteinander geschlafen. Die ganze Zeit über hat sie nur die sanft rosafarbenen – aber das mußte wohl das Licht sein – Tauben beobachtet, die vor dem Fenster vorbeiflogen, sich auf das Geländer des kleinen Balkons setzten und gurrten.

Er hieß Angelo. Er hat es ihr erst hinterher gesagt.

Auf dieses letzte Augenzwinkern der Engel hätte sie gut verzichten können.

Mit den Engeln ist es aus.

In der Wüste der Ewigen Stadt, durch die lauten Straßen, inmitten von fröhlichen Italienern, Verliebten auf Reisen, auf den zu schönen, zu sonnigen Plätzen, in dieser Theaterkulisse Rom läuft sie, nachdem sie den Angelo-Jungen so schnell wie möglich verlassen hat, ziellos umher.

Diese Stadt, die sie so sehr geliebt hat, wird für immer diesen ekelhaften Geschmack nach Asche behalten, den sie auf der Zunge hat, wenn sie an diese ganze Vergeudung denkt.

Die Asche der vergessenen Toten des antiken, unterirdischen Roms, von dem er andauernd sprach, die aus den Katakomben aufsteigt und die vom Schirokko, diesem Wind, der wahnsinnig macht, über die Stadt verteilt wird.

Diese kleinsten Teilchen verkohlter Gebeine, die diesen Mann, den sie unendlich geliebt hat, so sehr faszinierten, dieser Todesstaub, der ihn mehr berührte als ihre erbärmlichen Versuche, diese Liebe mit Leben zu erfüllen, diese so lebendige Liebe, die ja gerade als einziges vor dem Tod bewahrt!

Warum hat er das zerstört, was zwischen ihnen nie nicht hätte existieren dürfen?

Morgen nimmt sie das erste Flugzeug.

Was könnten Vorwürfe erreichen, was ihre ganze Liebe zu ihm nicht hat bewirken können?

Nichts.

Als er abends nach Hause kommt, sagt sie nicht ein Wort über die Lektüre der Hefte. Sie schwankt, sagt aber nichts.

Sie leidet mindestens ebenso darunter, ihm nichts von ihrer Eigenmächtigkeit sagen zu wagen, wie unter dem, was sie gelesen hat.

Alles ist zu Asche geworden.

In dem dunklen Wohnzimmer brennt eine kleine Kerze auf einem Beistelltisch.

Düster wie ein Nachtlämpchen, das er aus sie weiß nicht welchem Grunde angezündet hat.

Aus Intuition, wahrscheinlich. Der der Zusammengehörigkeit. Noch das eine Mal.

Das letzte.

Weiß er, wie wenig sie noch irgend etwas möchte, das von ihm kommt?

Wie sehr sie gar nichts von dem mehr glaubt, was er ihr sagt?

Der Himmel hinter dem offenen Fenster verbreitet genau das, was er verbreiten muß: Untergangsstimmung.

Blutrot mit violetten Schlieren.

Nichts kann mehr gesagt werden.

Sie möchte schreien.

Ihr so teures Wort ist tot.

Er hat die Gnade dieser Liebe dahingemordet.
Er hatte recht: Rom ist ein Grab.

Es kam noch zu Schlagabtausch und Wunden.

Und dann nichts mehr.

Nichts mehr seit dem letzten Schlag.

Der letzten Wunde.

Die ihr eigenhändig zuzufügen er nicht einmal mehr den Mut gefunden hatte.

Die ihr von einer Frau beigebracht worden war.

Per Telefon, unter derselben Nummer, unter der sie, vor beinahe drei Jahren, die Beziehung zu ihm wieder angeknüpft hatte.

«Nein, Sie können ihn nicht sprechen. Er ist nicht da.»

Eine Minute zuvor hatte er allerdings abgenommen, so getan, als höre er nichts, als sei die Verbindung gestört, und wieder aufgelegt.

Jämmerlich.

Sie hatte sofort noch einmal angerufen.

«Ich hatte ihn doch gerade am Apparat, vor einer halben Minute.»

Dieses Mal hatte die Frau, über ihre Hartnäckigkeit verärgert, geantwortet, wie in den typisch bourgeoisen Geschichtchen:

«Aber wenn ich Ihnen doch gesagt habe, er ist nicht da! Er ist Brot holen gegangen.»

Banale Lüge einer blöden Gans oder ein böser, sehr gewöhnlicher Abgang dieses so sehr in das Absolute verliebten Mannes?

Und so ist dieser so geliebte Mann, den sie seit zwanzig Jahren kannte und für den sie angeblich mehr als alles andere zählte, aus ihrem Leben verschwunden.

Geblieben ist von ihm nur ein Bademantel.

Obwohl er inzwischen ein bißchen abgetragen ist, weil

ihr Sohn ihn anzieht – der auch blaugrüne Augen hat –, hätte sie ihn gern der Frau am Telefon geschickt, damit die damit machen solle, wozu sie sich nicht hat durchringen können: den platzraubenden Überrest ihrer Geschichte wegzuwerfen oder zu verbrennen.

Von der er ihr aus seiner Sicht berichtet haben wird und in der natürlich nie die Rede von dem Bademantel war.

Der Bademantel, der, wie am ersten Tag, am Haken im Badezimmer hängt, von dem er nie gewußt hat, daß er für ihn bestimmt war, und den er nie angezogen hat, denn, wie ihr kürzlich jemand sagte, der ihn kennt und dem sie diese Geschichte erzählte:

«Das ist nicht der Typ Mann, der einen Bademantel trägt.»

Als Erinnerung und Schlußstrich.
Der Vorfall ist erledigt.
Dem Vergessen anheimgegeben, in diesem Leben.
Es bleibt die Ewigkeit.

März 1994